悲喜本无定数，
面对方能识人。

梁晓声

独自走过悲喜

梁晓声 著

长江出版传媒　长江文艺出版社

北京长江新世纪文化传媒有限公司
www.cjxinshiji.com
出品

低谷是变好的开始，
只要积蓄力量往前走，
怎么走都是往上。

我还没上小学，建筑工人的父亲就支援建设大西北去了。某年他来信说想我们了，母亲就带着我们去照了这张照片寄给他。因为父亲退休前一直转调于大西南、大西北，我家竟没有照过一张全家福。此照片中母亲左边是我，右边是哥哥，前排自然是三弟、四弟和小妹——我穿上了夏季最好的衣服，而小妹穿的皮鞋是借的。

　　大约是1965年，父亲从四川回哈尔滨探亲与我们五个儿女照了这一张照片。左二是我，左三是哥哥，他当时已生病休学了。而我的母亲，因为当时没有一件能穿出门去照相的棉衣，就没有跟我们到市里去，所以我们家至今没有一张"全家福"。

　　在复旦大学读书时，我中学的好同学，也是和我一块下乡的知青战友杨志松利用出差机会去看我。那大约是1975年，当时我心里极度压抑，一点都开心不起来。

这是我大学毕业后分配在北京电影制片厂时照的一张工作照。那一年我28岁，是否也像我父亲中年时一脸正气？是否也挺英俊？为了能多往家寄钱，当年的我曾暗暗抱定独身主义的念头，但不久之后却一头跌入了一次单相思……

大约1985年，我与一批作家应《上海文学》之邀前往上海交流，并去巴金先生家拜见。如今照片上多位师长已故去了……

　　我和徐迟前辈的一张合影。那一天我心情挺好，而他一脸忧郁。几年后，他离世了……

这是我和父亲唯一的一张合影。如今每见此照，我还是会想他想得在心里流泪不止。

　　这是我和我可怜的哥哥——母亲刚离世不久，我将他从哈尔滨市的一所精神病院接出，陪他在一家宾馆住了两天。当时，我已决定日后要将他接到北京。尽管他还是只能住在精神病院里，但毕竟离我近了，我可以经常去看他……

我觉得四十几岁的父亲如果在电影中饰演工人，一定会给人留下印象深刻的形象——正直、倔强、宁折不弯、好打不平，这样一些性格，是否写在我父亲脸上了？相由心生，此话不假吧！

这是七十多岁的父亲——岁月淘尽了他脸上中年时鲜明的性格特征，几乎只剩下温良和难褪的耿直了。他身上穿的的确凉土衣已十来年了，可他却舍不得淘汰，总说还没洗破。他不知道的确凉是很难洗破的呀。此照拍摄于当年北影院内的假景小街……

目录

第一章

人间烟火，生活片刻

生活的琐碎，吐出来太矫情，咽下去
又辣嗓子，百般无奈涌上心头，话到嘴边
又觉得不值一提。

一个加班青年的明天

我因为要写一份关于中国《中华人民共和国劳动法》在现实生活中被遵守情况的调研报告，结识了某些在公司上班的青年——有国企公司的，有民营公司的；有大公司的，有小公司的。

张宏是一家较大民营公司的员工，项目开发部小组长。男，27岁，还没对象，外省人，毕业于北京某大学，专业是三维设计。毕业后留京，加入了"三无"大军——无户口，无亲戚，无稳定住处。已"跳槽"三次，在目前的公司一年多了，工资涨到了一万三。

他在北京郊区与另外两名"三无"青年合租一套小三居室，每人一间住屋，共用十余平方米的客厅，各交一千元月租。他每天七点必须准时离开住处，骑十几分钟共享单车至地铁站，在地铁内倒一次车，进城后再骑二十几分钟共享单车。如果顺利，九点前能赶到公司，刷上卡。公司明文规定，迟到一分钟也算迟到。迟到就要扣奖金，打卡机六亲不认。他说自从到这家公司后，从没迟到过，能当上小组长，除了专业能力强，与从不迟到不无关系。公司为了扩大业务范围和知名度，经常搞文化公益讲座——他联络和协调能力也较强，一搞活动，就被借到活动组了。也因此，我认识了他。他也就经常成为我调研的采访对象，回答我的问题。

我曾问他对现在的工作满意不满意。

他说，挺知足。

"每月能攒下多少钱？"

他如实告诉我——父母身体不好，都没到外地打工，在家中务农，土地少，辛苦一年挣不下几多钱。父母还经常生病，如果他不每月往家寄钱，父母就会因钱犯愁。说妹妹在读高中，明年该考大学了，他得为妹妹准备一笔学费。说一万三的工资，去掉房租，扣除"五险一金"，税后剩七千多了。自己省着花，每月的生活费也要一千多。按月往家里寄两千元，想存点钱，那也不多了。

我很困惑，问他是否打算在北京买房子。他苦笑，说："怎么敢有那种想法。"

问他希望找到什么样的对象。他又苦笑，说："像我这样的，哪个姑娘肯嫁给我呢？"

我说："你形象不错，收入挺高，愿意嫁给你的姑娘肯定不少啊。"他说："您别安慰我了，一无所有，每月才能攒下三四千元，想在北京找到对象是很难的。"发了会儿呆，又说："如果回到本省，估计找对象会容易些。"

我说："那就考虑回到本省嘛，何必非漂在北京呢？终身大事早点定下来，父母不就早点省心了吗？"

他长叹一声，说——不是没考虑过。但若回到本省，不管找到的是什么样的工作，工资肯定少一多半。而目前的情况是，他的工资是全家四口的主要收入。父母供他上完大学不容易，他有责任回报家庭。说为了父母和妹妹，个人问题只能先放一边。沉默片刻，主动又说："看出您刚才的不解了，别以为我花钱大手大脚的，不是那样。我们的工资分两部分，有一部分是绩效工资，年终才发。发多发少，要看加班表现。"他说为了获得全额绩效工资，他每年都加班二百多天，往往双休日也自觉加班。一加班，家在北京市区的同事回到家会早点，像他这样住在郊区的，十一点能回到家就算早了。说全公司还是外地同事多，都希望能在年终拿到全额的绩效工资，无形中就比着加班了，而这正是公司头头们乐见的。他是小组长，更得带头加班。加不加班不只是个人之事，也是全组、全部门的事。哪个组、哪个部门加班的人少、时间短，全组全部门同事的绩效工资都受影响。拖了大家后腿的人，必定受到集体抱怨。对谁的抱怨强烈了，谁不是就没法在公司干下去了吗？

我又困惑了，说："加班之事，应以自愿为原则呀。情况特殊，赶任务，偶尔加班不该计较。经常加班，不成了变相延长工时吗？违反《中华人民共和国劳动法》啊！"

他再次苦笑，说："也不能以违反《中华人民共和国劳动法》而论，谁都与公司签了合同的。在合同中，绩效工资的文字体现是'年终奖金'。你平时不积极加班，为什么年终非发给你奖金呢？"

见我仍不解，他继续说："有些事，不能太较真的。公企也罢，私企也罢，不加班的公司太少了。那样的公司，也不是一般人进得去的呀！"

交谈是在我家进行的——他代表公司请我到某大学做两场讲座，而那向来是我甚不情愿的。65岁以后的我，越来越喜欢独处。不论讲什么，总之是要做准备的，颇费心思。

见我犹豫不决，他赶紧改口说："讲一次也行。关于文学的，或关于文化的，随便您讲什么，题目您定。"

我也立刻表态："那就只讲一次。"

我之所以违心地答应，完全是由于实在不忍心当面拒绝他。我明白，如果我偏不承诺，他很难向公司交差。

后来我俩开始短信沟通，确定具体时间、讲座内容、接送方式等。也正是在短信中，我开始称他"宏"，而非"小张"。

我最后给他发的短信是："不必接送，我家离那所大学近，自己打车去回即可。"

他回的短信是："绝对不行，明天晚上我准时在您家楼下等。"

我拨通他的手机，坚决而大声地说："根本没必要！此事我做主，必须听我的。如果明天你出现在我面前了，我会生气的。"

他那头小声说:"老师别急,我听您的,听您的。"

"你在哪儿呢?"

"在公司,加班。"那时九点多了。

我也小声说:"明天不是晚上八点讲座吗?那么你七点下班,就说接我到大学去,但要直接回家,听明白了?"

"明白,谢谢老师关怀。"

结束通话,我陷入了良久的郁闷,一个问号在心头总是挥之不去——中国广大的年轻人如果不这么上班,梦想难道就实现不了啦?

第二天晚上七点,宏还是出现在我面前了。

坐进他车里后,因为他不听我的话,我很不开心,一言不发。

他说:"您不是告诉过我,您是个落伍的人吗?今天晚上多冷啊,万一您在马路边站了很久也拦不到车呢?我不来接您,不是照例得加班吗?"

他的话不是没道理,我不给他脸色看了。

我说:"送我到学校后,你回家。难得能早下班一次,干嘛不?"

他说:"行。"

我说:"向我保证。"

他说:"我保证。"

我按规定结束了一个半小时的讲座,之后是半小时互动。互动超时了,十点二十才作罢。有些学子要签书,我离开会场时超过十点四十了。

宏没回家。他已约到了一辆车，在会场台阶上等我。

在车里，他说："这地方很难打到车的，如果你是我，你能不等吗？"

我说："我没生气。"沉默会儿，又说："我很感动。"

车到我家楼前时，十一点多了。

我很想说："宏，今晚住我家吧。"却没那么说。肯定，说了也白说。

我躺在床上后，忽然想起——明天上午有人要来取走调研，可有几个问题我还不太清楚，纸上空着行呢，忍不住拿起手机，打算与宏通话。刚拿起，又放下了。估计他还没到家，不忍心向他发问。

第二天上午九点左右，没忍住，拨通了宏的手机。不料宏已在火车上。

"你怎么会在列车上？"我大为诧异。

他说昨天回住处的路上，部门的一位头头通告他，必须在今天早上七点赶到列车站，陪头头到东北某市去洽谈业务。因为要现买票，所以得早去。

我说："你没跟头头讲，你昨天半夜才到家吗？"

他小声说："老师，不能那么讲的。是公司的临时决定，让我陪着，也是对我的倚重啊。"

他问我有什么"指示"。我说没什么事，只不过昨天见他一脸疲惫，担心他累病了。

他说不会的。自己年轻，再累，只要能好好睡一觉，精力就会恢复的。

又一个明天，晚上十点来钟，他很抱歉地与我通话——请求我，千万不要以他为例，将他告诉我的一些情况写入我的调研报告。

"如果别人猜到了你举的例子是我，那不是非但在这家公司没法工作下去了，以后肯定连找工作都难了……老师，我从没挣到过一万三千多元，虽然包含绩效工资和'双险'，虽然是税前，但我的工资对全家也万分重要啊！"

我说："理解，调研报告还在我手里。"

我问他在哪儿，干什么呢。他说在宾馆房间，得整理出一份关于白天洽谈情况的材料，明天一早发回公司。

这一天的明天，又是晚上十点来钟，接到了他的一条短信："梁老师，学校根据你的讲座录音打出了一份文稿，传给了我，请将您的邮箱发给我，我初步顺一顺再传给您。他们的校网站要用，希望您同意。"

我没邮箱，将儿子的邮箱发给了他，并附了一句话："你别管了，直接传给我吧。"

第二天上午十点多钟，再次收到宏的短信："梁老师，我一到东北就感冒了，昨天夜里发高烧。您的讲座文稿我没顺完，传给公司的一名同事了。她会代我顺完，送您家去，请您过目。您在短信中叫我'宏'，我很开心。您对我的短信称呼，使我觉得自己的名字特有诗意，因而也觉得生活多了种诗意，宏谢谢您了。"

我除了复短信嘱他多多保重，再就词穷了。

几天后，我家来了一位姑娘，是宏的同事，送来我的讲座文稿。因为校方催得急，我在改，她在等。

我见她一脸倦容，随口问："没睡好？"

她窘笑道："昨晚加班，到家快十二点了。"

我心里一阵酸楚，又问："宏怎么样了？"

她反问："宏是谁？"

我说："小张，张宏。"

她同情地说："张宏由于发高烧患上急性肺炎了，偏偏他父亲又病重住院，所以他请长假回农村老家去了……"

送走那姑娘不久，宏发来了一条短信："梁老师，我的情况，估计我同事已告诉您了。我不知自己会在家里住多久，很需要您的帮助，希望您能给我们公司的领导写封信，请他们千万保留我的工作岗位。"那一份工作，宏实在是丢不起的。

我默默吸完一支烟，默默坐到了写字桌前……

给儿子写信

　　按照学校的要求，我得给儿子写一封信。而且此事不让学生知道，更不能让学生看到信。在某次活动中，信将由老师分发给每一名学生，希望以这种方式，在他们普遍十四周岁以后，带给他们每个人一份儿意外的欣喜。

　　于是我生平第一次给我的儿子写信。

　　我竟不知在这一封信里该写些什么，我不愿在信中流露出我对他的体恤，因为几乎每一个城市里的初二的儿女都如他一样的似箭在弦，他不应格外地得到体恤。我也不愿用信的方式鞭策他，因为他自己早已深知每次在分数竞争中失利，对自己都意味着一种严峻。我不愿在信中写入对他所寄的希望，我不望子成龙，事实上只祈祝他能有幸受到高等教育，而仅仅这一点已使他过早地成熟了。他的日渐成熟正是我倍感欣慰的，同时又是倍感悲哀的。刚刚十四岁就开始思考人生和忧患自己未来的命运，这太令我这个当父亲的替他感到沮丧了。我自己的少年时代就是从忧患之中度过来的，我真不愿他和当年的我一样。

"爸爸，你怎么想了这么久还不写？"

儿子忽然在我背后发问。显然，他站在我背后多时了。我赶紧用一只手捂住稿纸上端——捂住"给儿子的信"一行字。

良久，我听到坐在沙发上的他说："爸，对不起，给你添麻烦了……"顿时的，我眼眶有些潮了……

儿子"采访"我

儿子上个星期的一项作业是——采访父母。妻上个星期几乎每天加班，不加班便上夜校，只得由我来接受"采访"，否则儿子就完不成作业。于是我和儿子之间，有了如下一次较为特别的谈话：

"你是哪一年下乡的？""这还用问？""不问我怎么清楚？""六八年。""哪一年上大学的？""七四年。""哪一年毕业的？""七七年。""你经历过坎坷吗？""经历过。""说说。""这还用说？""你不说我怎么会知道。"……

我凝视着儿子，觉得他是那样的陌生。或者反过来说，他怎么对我一无所知似的？他要了解他问的那一切，是多么的简单！书架上陈列的，几乎每一部书脊上印着我名字的书，都有我的简历。从我的许多篇小说中，都能看到他的老爸的身世。而他从来没有触摸过我的任何一部书一下。那些书对他仿佛根本就不存在。他从来也不曾扫视过那一格书架一眼。他甚至远不及别人家的，比如朋友或邻人的初二的儿女们对我的大致经历有所了解。

有一次我无意中偷听到他和他的几名男同学背地里如此谈论我的书：

"你爸爸可真写了不少书。"

"你别翻他的书！"

"你自己喜欢看吗？"

"我为什么要喜欢看他写的书？"

"借我一本看行吗？"

"不行！"

听来他似乎生起气来了。

"你干嘛这样牛气呀？他这些书迟早会过时的！"

"他这些书已经过时了！以后我也不看他的书。世界上那么多经典还看不过来呢！"没想到，我以近二十年的精力和心血所获得的创作成果，在他眼里似乎皆是些没有什么意义的，仿佛一文不值的东西。"你对你至今的人生满意吗？"——儿子继续"采访"我。

我回答："谈不上满意不满意。我的人生已经这样了。我习惯了。""假如有一件最使你高兴的事，目前而言那可能是一件什么事？"我几乎是恶狠狠地回答："你的学习成绩又前进了五名！"儿子目不转睛地看了我一阵，淡淡地说："我的采访结束了，就到这儿吧！"

我意识到，我深深刺伤了儿子的自尊心。正如儿子也深深刺伤过我的自尊心一样。于是我联想到了王朔的小说

《我是你爸爸》。进而又想，有一个多少具有点儿精神叛逆色彩的儿子，也好。这样的一个儿子，时刻提醒我明白，我只不过是一个初二男生的父亲。除此之外，也许再什么都不是，更没有任何可得意的资本。儿子在家里教我夹起尾巴做人。

　　读者，如果你的儿子已经初二了，如果你是一位父亲，我想你一定会同意我的看法——和你初二的儿子交朋友并非一件容易的事。有时他似乎将你当作朋友了，其实在他内心里，你仍然只不过是他的父亲。

　　当爸的感觉在现代是越来越变得粗糙而暧昧了啊！

第一支钢笔

它是黑色的，笔身粗大，外观笨拙。全裸的笔尖、旋拧的笔帽。胶皮笔囊内没有夹管，吸墨水时，捏一下，缓慢鼓起。墨水吸得太足，写字常常"呕吐"，弄脏纸和手。我使用它，已经二十多年了。笔尖劈过，断过，被我磨齐了，也磨短了。笔道很粗，写一个笔画多的字，大稿纸的两个格子也容不下。已不能再用它写作，只能写便笺或信封。

它是我使用的第一支钢笔，母亲给我买的。那一年，我升入小学五年级。学校规定，每星期有两堂钢笔字课。某些作业，要求学生必须用钢笔完成。全班每个同学，都有了一支崭新的钢笔，有的同学甚至有两支。我却没有钢笔可用，连支旧的也没有。我只有蘸水钢笔，每次完成钢笔作业，右手总被墨水染蓝，染蓝了的手又将作业本弄脏。我常因此而感到委屈，做梦都想得到一支崭新的钢笔。

一天，我终于哭闹起来，折断了那支蘸水笔，逼着母亲非立刻给买一支吸水笔不可。

母亲对我说："孩子，妈妈不是答应过你，等你爸爸寄回钱来，一定给你买支吸水笔吗？"

我不停地哭闹，喊叫："不，不，我今天就要。你去给我借钱买。"

母亲叹了口气，为难地说："你这孩子，真不懂事。这月买粮的钱，是向邻居借的；交房费的钱，也是向领导借的；给你妹妹看病，还是向领导借的钱。为了今天给你买一支吸水笔，你就非逼着妈妈再去向邻居借钱吗？叫妈妈怎么张得开口啊？"

我却不管母亲好不好意思再向邻居张口借钱，哭闹得更凶。母亲心烦了，打了我两巴掌。我赌气哭着跑出了家门……

那天下雨，我在雨中游荡了大半日不回家，衣服淋湿了，头脑也淋得平静了，心中不免后悔自责起来。是啊，家里生活困难，仅靠在外地工作的父亲每月寄回几十元钱过日子，母亲不得不经常向邻居开口借钱。母亲是个很顾脸面的人，每次向邻居家借钱，都需鼓起一番勇气。

我怎么能为了买一支吸水笔，就那样为难母亲呢？我觉得自己真是太对不起母亲了。

于是我产生了一个念头，要靠自己挣钱买一支钢笔。这个念头一产生，我就冒雨朝火车站走去。火车站附近有座坡度很陡的桥，一些大孩子常等在坡下，帮拉货的手推车夫们推上坡，可讨得五分钱或一角钱。

我走到那座大桥下，等待许久，不见有推车来。雨越下越大，我只好站到一棵树下躲雨。雨点劈劈啪啪地抽打着肥大的杨树叶，冲刷着马路。马路上不见一个行人的影子，只有公共汽车偶尔驶来驶去。除了几根电线杆子，远处迷迷蒙蒙的什么也看不清楚了。

我正感到沮丧，想离开，雨又太大，等下去，肚子又饿，忽然发现了一辆手推车，装载着几层高高的木箱子，遮盖着雨布。拉车人在大雨中缓慢地、一步步地朝这里拉来。看得出，那人拉得非常吃力，腰弯得很低，上身几乎俯得与地面平行了，两条裤腿都挽到膝盖以上，双臂拼力压住车把，每迈一步，似乎都使出了浑身的劲儿。那人没穿雨衣，头上戴顶草帽。由于他上身俯得太低，无法看见他的脸，也不知他是个老头儿，还是个小伙儿。

他刚将车拉到大桥坡下，我便从树下一跃而出，大声问："要帮一把吗？"他应了一声。我没听清他应的是什么，明白是正需要我"帮一把"的意思，就赶快绕到车后，一点也不隐藏力气地推起来。车上不知拉的何物，非常沉重。还未推到半坡，我便一点力气也没有了，双腿发软，气喘吁吁。那时我才知道，对于有些人来说，钱并非容易挣到的。即使一角钱，也是并非容易挣到的。我还空着肚子呢，又推了几步，实在推不动，产生了"偷劲"的念头，反正拉车人是看不见我的。我刚刚松懈了一点力气，就觉得车轮顺坡倒转。不行，不容我"偷劲"。那拉车人，也肯定是凭着最后一点力气在坚持，在顽强地向坡上拉。我不忍心"偷劲"了。我咬紧牙关，憋足一股力气，发出一个孩子用力时的哼唧声，一步接一步，机械地向前迈动步子。

车轮忽然转动得迅速起来。我这才知道，已经将车推上了坡，开始下坡了。手推车飞快朝坡下冲，那拉车人身子太轻，压不住车把，反被车把将身子悬起来，腿离了地面，控制不住车的方向。幸亏车的方向并未偏往马路中间，始终贴着人行道边，一直滑到坡底才缓缓停下。

我一直跟在车后跑，车停了，我也站住了。那拉车人刚转过身，我便向他伸出一只手，大声说："给钱。"那拉车人呆呆地望着我，一动不动，也不掏钱，也不说话。我仰起脸看他，不由得愣住了。"他"……原来是母亲。雨水，混合着汗水，从母亲憔悴的脸上直往下淌。母亲的衣服完全淋透了，像从水里捞出来的一样，湿漉漉地贴在身上，显出了她那瘦削的两肩的轮廓。她胸口剧烈地起伏着，脸色苍白，大口大口地喘着气。

我望着母亲，母亲望着我，我们母子完全怔住了。就在那一天，我得到了那支钢笔，梦寐以求的钢笔。母亲将它放在我手中时，满怀期望地说："孩子，你要用功读书啊。你要是不用功读书，就太对不起妈妈了……"在我的学生时代，我一刻都没有忘记过母亲满怀期望对我说的这番话。如今，二十多年过去了，我已经是个成年人了，母亲变成老太婆了。那支笔，也可以说早已完成它的历史使命了。但我，却要永远保存它，永远珍视它，永远不抛弃它。

瘦老头

A君是我朋友，一位"环保"专家。九十年代初，他以博士身份从国外甫一归来，便为国内的"环保"问题四处奔走，大声疾呼。可以说，他是中国最早的一位能以专业头脑传播"环保"思想的人。现在，他任职于某大学，成为博士生导师，业已桃李满天下矣。中国之"环保"领域中，其弟子多多，皆是有贡献者。他也经常飞往国外参加各种"环保"会议，向世界宣讲中国之"环保"现状……

我第一次见到他，是在区"人大"组织的代表学习活动中。屈指算来，六七年前的事了。他作为专家，向二十几名区人大代表介绍世界"环保"经验。中午吃饭时，我恰坐于他的旁边。主食是米饭，也有面条。他要了一碗米饭，持箸端碗之际，叫住服务员姑娘，望着一桌羹肴小声问："有榨菜吗？"

服务员姑娘摇头后说，有泡菜，有食堂自腌的小咸菜，有南方辣菜，还有腐乳，就是没有榨菜。他却说："怎么可以没有榨菜呢？榨菜，必然应该有的啊！"服务员姑娘说："那，就只能为您现去买一小袋了。"众人都看得分明，人家服务员姑娘那么说，显然等于软软地"将"了他一"军"，使他认清形势，能在没有榨菜的特殊情况下，顺利地将一碗米饭吃下去。不料他赶紧说："那多谢了，那多谢了！"服务员姑娘愣了愣，不乐意地离去。他见众人都在费解地望他，神色颇不自然，连道："见笑见笑，对我来说，米饭还是就着榨菜才香。毛病，毛病……"众人都未接言，默默陪笑而已。我心里暗想，当然是毛病！觉得众人心里，肯定与我同感。他呢，则干脆垂手而坐，直等到人家服务员姑娘为他买来了一小袋榨菜；于是撕开，全部抖在碗中，拌几拌，大快朵颐。

后来，我又在别的场合见到过他几次，竟成朋友。对于他的经历，尤其他与榨菜的亲密关系，渐渐了解：

A君原本是北方林区的一个孩子，他上小学四年级时，逃学之事，蔚然成风。在那样的年代，全中国的中小学生没多少真的"以学为主"的，绝大多数以玩为主。尤其像A君那样一些当年的北方林区的孩子，用A君的话说，是"从早到晚，一心只想着怎么玩儿"。

"对于孩子，我们林区有意思的事儿太多了呀！那个年代，我们快玩疯了。我的四年级同学中，居然有识字不足一百个的，还居然有背不下乘法口诀的。别说我们这些个孩子认为读书无用了，连我们的父母差不多也都这么认为啊！我们的小学校，在林场的场部。我们结伴从家里走到场部去，得走一个来小时。即使离开家门时，都是打算不逃课的，但半路一发现吸引我们的事儿，比如一个马蜂窝，一个鸟巢，一只大个儿的青蛙，或一只蜻蜓王，便又集体逃课没商量了。因为坚持上学的学生越来越少，老师们都找借口调离了学校。我四年级还没读完，学校就合并到县城去了。这么一来，我们上学更远，便都索性辍学了。家长们懒得管我们，不是家长的大人们对我们的种种玩法淘法也早已司空见惯，我们仿佛成了林区的一群小野生动物，整天纠结在一起东游西逛，为了满足心理快感，也每天干点儿坏事。比如偷几串张家院子里晒的蘑菇，悄悄挂到李家的院子里去，看两家的人因而吵起来了，我们大为开心。又比如见谁家院子里的花啦菜啦的长得好，没招虫，我们就活捉一罐头瓶毛虫，隔着板障子，将罐头瓶扔进谁家院子……"

在三十多年后，在冬季的一个下午，在我家里，A君将臂肘架在窗台上，缓缓地吸着烟，不动声色地向我讲着他小时候所干的种种坏事。虽然是在冬季，那一个下午的阳光却很好，照进屋里一大片，也照在我和他的身上。是的，他起初是不动声色的，开始讲到"瘦老头儿"的时候，表情和语调，才使我觉得有了忏悔的意味……

"某天，我们五六个最野的小伙伴的视野中，出现了一个陌生的瘦老头。连大人们也不知道他从前是干什么的，只互相传说他是从南方被发配到我们那处北方林场的，姓张。还传说，连他的姓也是有关方面安在他头

上的，并非他的真姓。家长们嘱咐我们，千万不要做什
么辱害他的事，因为他已经患了晚期癌症，活不了多少
日子了。有些话，即使家长们千叮万嘱，我们也还是会
当成耳旁风。但是那一回，我们都把家长们的话记在心
里了。辱害将死之人，是必会受到老天惩罚的，林区的
大人孩子都深信此点。何况，瘦老头确实瘦得令人可怜，
又高又瘦。他的脸，几乎是一张皮包骨的脸，所以就显
得眼睛挺大的。但是他的背，却挺得很直，起码我们每
次见到他时他是那样子。他被指定住在一处路口的小木
板房里，从林区往外运原木的卡车必然经过那个路口，
他的工作就是负责登记车牌号、驾驶证号、运出的是何
种原木。他一在那小木板房住下，便开始清理周围的垃圾，
铲平土堆，围小园子。当时是春季，他在小园子里翻地，
培垄、埋种。我们远远地望着，都困惑不已。依我们看
来，他肯定活不过夏季的，大人们也都这样认为。那么，
他所做的一切，不是毫无意义吗？夏天来临了，他竟没
死。而那小园子在他的精心侍弄之下，茄子、豆角、黄瓜、
柿子、西葫芦什么的，结得喜人。那破败的小木板房的
前后，也有各种各样美丽的花开着了。某次我们经过他
那园子，他在园子里唤住了我们，手拿着松土的小铲子
问我们：'听说你们几个很淘，是吗？'

　　"我们相互看看，都不知道该怎么回答他。他又说：
'男孩儿不淘气的少。咱们订一条君子协议好不？请你们
不要祸害我这园子里的菜秧。如果你们能做到，而我不到

秋天就死了，那么园子里的菜由你们收获，全归你们。如果我活到了那一天，我只留少部分，大部分还是归你们。这个协议，你们现在愿意和我订下来吗？'

"我们又互相看着，都不由自主地点头。而他，望一眼小木板房，又说：'要是我真的活不到秋季，拜托你们几个，替我把那些花的籽撸下来，用纸包好，交给接我工作的人。就说我希望他，年年种花。那些花多美啊，不论自己看着还是别人看着，心情都愉快嘛，是吧？' 我们又不由自主地点头。'那么，你们算是答应我了？'我们除了点头，仍不知该说什么。彼此使使眼色，一转身都脚步快快地走了……"

A君按灭烟，喝了一口茶，问我小时候想到过死没有？

我说我七八岁时的一天，在无任何人暗示的情况下，不知怎么一来，忽然就想到了死，于是害怕得独自流泪，感到很绝望，很无助。

"大部分人小时候都经历过那么一个时期吧？"

"我想是的。"

"我们当时就正经历着那样的时期。别看我们整天疯啊野啊的，似乎天不怕地不怕，其实个个心里有一怕，就是怕死，只不过谁都不愿承认罢了。所以，我们对瘦老头都有几分佩服起来，因为他是一个不怕死的人。一个怕死的人，在活过今天不知明天还活不活得成的情况下，哪儿还有心思管什么菜啦花啦的呀！从那一天以后，我们再经过那小木板房和那小园子时，都一反常态，不吵不闹了。

　　"那一年的秋天来得早，立秋不久，发生一次山火；许多人家怕遭殃，离开林场，四处投亲靠友，我和几个小伙伴的家人，也将我们分别转移了。我们的父母并没随我们一起走，他们身负扑火的义务。等我们从四面八方回到林场，已经是一个多月以后的事了。山火早已扑灭，也没有哪一户人家被火烧到。我们都以为瘦老头肯定死了，各自回到家里才知道，他非但没死，还将园子里的菜收了，一篮一篮地送到了我们各自的家里。大人们都说，为了打听清楚我们都是谁家的孩子，他真是费了不少口舌。还说，他夸我们都是守信誉的孩子。从没有谁夸过我们那几个淘小子，明明是他自己一言九鼎，却反过来夸我们守信，使我们都惭愧极了。难道没忍心糟蹋他的园子也能算守信誉吗？那么，做守信誉的人也太容易了呀！于是我们一起去谢他，他园子里的菜秧已经拔起来，堆在一角；小木板房前后的花，也显然被撸过籽了：而他正在吃饭，不过就是喝着碗里的玉米面糊糊，就着小盘里的一点儿什么咸菜条而已。屋里这儿那儿，却不见有什么菜的影子。

　　"我们问他为什么不给自己也留些菜呢？他说他不愿吃菜，只愿吃小盘里那种咸菜。我们一时便都失语，由我替大家吭吭哧哧说了两句谢他的话，皆转身想走。他不让我们立刻离去，放下碗筷，从一个纸盒邮包里取出些小塑料袋，一一塞在我们手中，告诉我们那是榨菜。从小在北方林场长大的我们，头一次听说'榨菜'两个字。我们走在回家的路上时，就都撕开小塑料袋尝起来。这一尝不要紧，哪个都管不住自己了。榨菜真好吃呀，嫩嫩的，脆脆的，微酸微咸微辣，与我们北方的任何一种咸菜的滋味都不同，也比我们所吃过的任何一种北方咸菜都爽口。在当年，我们北方人家腌的咸菜，无非就是疙瘩头咸萝卜什么的，我们早都吃烦了。蒜茄子固然是好吃的，但一般人家是舍不得把茄子也腌了的。纵使舍得腌点，往往也要留着待客，或春节才吃。你可想而知，榨菜对于我们，不啻是种美食。我们一会儿就都把各自的一小袋榨菜吃光了，一个个却还想吃。当然的，一进家门，就都喝水。

"过了几天，我们聚在一起，一商议，一块儿捡了些干枝子给瘦老头送去当柴烧。其实个个都明白，那是借口，还不是希望能得到那么一小袋榨菜么！瘦老头见了我们特别高兴，也十分感动于我们的好意。但是，却没再给我们榨菜。他问：'为什么总不见你们背着书包去上学？'还是由我替大家回答他：'因为小学校合并到县里了，去上学路太远了。'又问：'那你们还想不想学文化知识了呢？'我们就一时的你看我，我看他，都有心诚实地回答：不想。学了又有什么用呢？就是学得再强，长大了想当正式伐木工人，那还得托关系走后门呢！可谁好意思这么诚实地回答啊，正在应该上学的年龄，自己却说根本不想上学，那话太羞臊了，说不出口。便都违心地说：'其实都可想上学呢。'

"瘦老头他沉吟片刻，问：'如果我教你们学，你们愿意不？’这一问，我们又都充聋作哑了。小伙伴中有一个反问：‘如果我们让你教，对我们有什么好处？’瘦老头摸了摸小伙伴的头，问：‘榨菜好吃吗？’这下，我们才齐刷刷地回答：‘好吃！’他便接着说，只要同意他每天教我们两个小时，我们将会经常吃到好吃的榨菜。就这样，我们几个才上小学四五年级的孩子，以后竟成了那么一个身患绝症的瘦老头的学生。

"我们确实以后又吃到了好吃的榨菜，但却并不是每人每次一袋。他只给学习有进步的那个，一次照例只一袋，比现在飞机上有时候发的那种小袋大不到哪儿去，他说等于是奖励。这么一来，起初只不过由于太馋才到他那里去当他的学生的我们，都被激发起了好强心理。渐渐的，连自己也说不清都甘愿当他的学生所为何由了。瘦老头很会教学生，比如他每教我们识一个新字，都会从那个字一千多年以前是怎么写的讲起。他说每个中国字都是长寿佬，都有婴儿时期和童年、少年、青年、中年阶段。每经过一个阶段几乎都要变一次，到再也不变的时候就是固定在最美妙的时候了。我知道你想说什么，当然，今天由我们这样的人听来，那话毫无独到之处。可你别忘了，我们是三十多年前出生在林场的一些孩子，我们连县城还没去过呢！教过我们的小学老师，大抵也只不过具有初中文化程度而已，并且有的还是林场那些头头脑脑的子女。当老师对于他们，只不过是混一份工资罢了，他们从没那么教过我们新字。如果他们也像瘦老头讲的那么有趣味，兴许我们都是爱学习的好学生了。瘦老头讲算术也讲得特有意思。他说这世界也基本上是数字的世界，比如水是由水分子组成的；而一个水分子，是由两个氢原子一个氧原子组成的，二比一这种数字关系永远包含在不受污染的水中。眼睛看着一碗水，也可以想象是看着万万亿亿的数学比例式。几乎人眼所见的每一种东西，将它们用化学的方法化解到最小单位时，便都是些数学式的关系了。那些数学式一变，某一种东西就开始发生质变了。甚至，连世界也开始发生某一方面的变化了。

"我们虽然小学四五年级就辍学了，可他竟将算术、代数和几何连在一起讲给我们听，而且还每每将物理和化学知识包含在内。没多久，他开始频频表扬我们都是些聪明的孩子；我们自己也都开始觉得，原来我们并不像自己和我们的爸爸妈妈所以为的那样，都是笨头笨脑的孩子，'根本不是读书的料。'当年的课本，你也知道，语文也罢，算术也罢，都是没意思到了极点的。幸而瘦老头根本不是手拿当年的课本教我们，他要是也那样教，即使榨菜再好吃，那我们当了几天他的学生，还是会逃之夭夭的。

"总而言之，瘦老头他渐渐将我们迷住了。不管知识有没有用，他将知识变得非常有趣了是一个事实。他讲课时，腰板挺得尤其直，一只手背在后边，一只拿粉笔的手自然而然地举胸前，目光几乎一刻也不离开我们的脸，一忽儿凝视这个，一忽儿凝视那个。有时，他的目光明明在凝视这个，却会将拿粉笔那只手忽然一伸，叫起另外某个回答问题。另外那个一时回答不上来，他也从不急，一向耐心地说：'想想，再想想，上次我讲过的。'于是将自己的目光望向窗外，耐心地期待。如果他对于回答半满意不满意，就会很认真地问我们另外几个：'咱们民主一下，你们认为该奖给他榨菜吗？'通常情况下，大家必会异口同声地说：'应该。'因为我们心里有数，奖给了谁，也等于奖给了大家，谁都不会独吞的。我们分吃具有奖励意味的榨菜时，不但口中的感觉好极了，心里的感觉也好极了。

"对于我们而言，仿佛瘦老头的课也讲出了和好吃的榨菜一样的滋味。每当他的手伸入纸板邮盒往外拿榨菜时，也照例要说一句：'多乎哉，不多也。'我们呢，就都开心地又都有些不好意思地笑。自从我们成了他的学生，他几乎每个月都要去邮局取包裹了。而以前，隔两三个月才会有包裹从南方寄给他。他住的小木板房也因为我们而变了，他将一张破桌子重新摆放，使一面墙壁一览无余；又不知从哪儿搞到半瓶墨，涂黑墙壁，于是成了黑板……你听烦了吧……"

阳光照在"环保"专家的脸上：他微眯着眼，目光凝注地望着窗外某处，仿佛要看清什么。问我话，居然也不转一下脸。窗外是元大都城墙遗址，覆盖着冬季的第一场雪。北京的冬季是很少下那么大的雪的，这使北京多少有点儿东北冬季的景象了。然而，窗外毕竟没有了记忆中的林场，没有住着一个瘦老头的小木板房……

我说："讲下去。"

他说："在那一年的冬季，小木板房成了我们几个孩子的阳光房……其实那小木板房并不朝阳，再加上一面墙涂成了黑色……但是你能明白我的意思吧……"

我说："明白。"

"我们那时已经不叫他瘦老头了。我们已经开始当面叫他张大爷了，背后却都叫他'咱们老师'……"

"为什么不是反过来，当面叫他老师，背后叫他张大爷？"

"我们中有一个当面叫过他老师的。他正要提问，一下子被叫愣了。愣了几秒钟，走到窗口那儿去了。背着一只手，腰挺得笔直，一动不动地在窗口那儿站了很久，我们全都呆望他背影，不知他是怎么了。终于我们听到他低声说：'今天的课就讲到这儿，我有点儿不舒服，孩子们你们可以走了……'我们一个个悄没声地离开，我走在最后，忍不住轻轻将门推开一道缝，往内偷窥，结果我看到他双手捂在了脸上。对于他的身高，那小木板房的屋顶实在是太低了。如果他脚下垫两三块砖，那么他的头差不多就触到屋顶了。我看得出来，他是在无声地哭，尽管我窥到的只不过是他的背影。我们当然都无法理解那是为什么，却互相告诫，以后都不许当面叫他老师了……大人们说，他活不到开春。可春天来临了，他仍活着。我们帮他修小园子的篱笆，帮他翻地、培垄，帮他搭菜架和花架……"

"等等……"

A君缓缓地将脸转向了我。他已半天没看我一眼了，似乎只不过在自言自语。

我说："晚期癌症有时是很疼痛的。"

他说："是啊。可我们那样一些孩子，当年也不懂许多事啊，也不知道怎么心疼大人啊。我们是见到他疼痛难耐过的，某天他讲着讲着课，忽然一手捂胃，接着额上渗出汗来；再接着，弯下了他那一向笔直着的腰。那是他第一次在讲课时弯下腰去。很快他又直起腰来，说他去茅房，还不许我们离开屋子。我们只当他是忽然肚子疼了；我们也都忽然肚子疼过啊！着凉、岔气儿、吃了什么不干净的东西，都会肚子疼的呀，谁还没肚子疼过呢？他半天没回来，我们就都有点儿不安了，都出去了，见他蹲在门旁，双手握成拳，一上一下抵压着胃腹。他脸上滴落的汗，湿了鞋尖前的地面儿。我们将他搀进屋，他说他没什么，疼痛一会儿就会过去的。他撕开一袋榨菜，一条接一条全吃光了。之后倒了半碗开水，吹一口喝一口，转眼喝尽。我们当年真傻，虽然都亲眼看到了他疼痛的样子，却没有一个往癌症那方面去联想。也可以说，那时的我们，其实是很排斥他患了不治之症这一个事实的，也特别讨厌大人们判断他活不了多久的话。我们宁愿相信，他能那么干瘦干瘦地活很久，很久，等我们都长成了大人，还活着。我们已经看顺眼了他的瘦，反而都觉得，如果他不那么瘦，就不符合'咱们老师'应该怎样的条件了。

"两年半以后，他还活着。一天他对我们说，我们不可以再是他的学生了，而应该到县里去读中学。并说，他已经分别和我们的父母谈过了，我们的父母都是同意的。可我们却有点儿不情愿，我们对当年的学校还是难以产生好感，长大以后都争取当上伐木工人是我们一致的想法。他却这么问我们：'一个国家的森林是有限的，有限的森林会越伐越少。到那时，国家就不需要很多伐木工了，你们可拿自己怎么办呢？'他的话，使我们都忧虑起来。见我们个个低头不语，他又夸我们全都如何如何聪明，说中国的将来，究竟会产生多少新的行业，需要多少文化高、知识广、能力棒的人才，是他难以想象到的，更是我们这样一些孩子不可能想象到的，所以我们只由着性子在年龄这么好的时候虚度时光，高兴怎样就怎样，不高兴怎样就不怎样，那是不对的。人有时候更应该明白应该怎样、不应该怎样的道理。从没有人对我们说过那样的话，我们的家长也没说过。但当时他的话并没说到我们内心里去，我们也不是太理解他的话，却看得出来，他完全是为了我们好。我们心生感动，然而其实并没被说服。他的话对我们父母的影响，比对我们的影响大得多。

"于是我们的父母都严厉地命令我们，几天后必须跟他们到县里那所中学去。县中学的校长听说我们都没读完小学，指示要对我们进行考试，还要先亲自一个一个地面试我们。如果面试没通过，那连考也不必考了，还是再去读小学吧。我被面试过以后，在操场发现了瘦老头。我问他为什么也来了，他说他忘了让我们每人带上一袋榨菜，所以亲自给我们送来；说如果对着卷子一时发懵，嚼一条榨菜能使心情稳定下来，还能清脑，使精力集中。他将几袋榨菜交给我，一转身蹒跚而去，为的是赶上一趟林区的小火车。校长面试过我们之后又决定，不对我们进行考试了，当即就将我们分了年级和班级。我们一一被插入初二各班，有一个还直接被插入了初三的某班。校长显得很高兴，当着几位老师的面指着我们说：'像他们这样的孩子，来多少收多少，都不必经过考试！'我们成了县中的学生以后，都得住在学校了。县城距离林场三十多里，到了林场也不等于是到了家门口，到家还得走上十来里，不住校是不行的。我们连星期日也很少回家了，因为要是搭不上便车，就得坐小火车，那年月，我们怎么会舍得花五角钱买一张车票呢？往返要花一元钱呢，根本舍不得。我们一块儿回家，是在放寒假后。到家当天，吃午饭时，我父亲一时想起地告诉我：'你们应该感谢的那个瘦老头，他死了，才几天前的事儿。'大人们虽然知道他姓张，但背后普遍的都叫他瘦老头，当面则叫他'哎你'，因为一连他的姓叫，反而不好叫了。何况，都认为他并不真的姓张。我搁下饭碗便往外跑，挨家将小伙伴们叫上，一块儿跑到了小木板房那儿。几场大雪将小木板房的门埋住了半截，门上贴的封条已被风撕得残缺不全。我们想从窗子往里看，窗玻璃结着厚厚的霜。园子里，雪被下刺出参差不齐的搭菜架的木条和树枝。几只绒球似的麻雀在雪上蹦来蹦去的……"

"环保"专家又吸着一支烟。

我问："他埋在你们林区了？"

他说："不。他被火化之后，骨灰寄给了他南方的什么亲人……估计，就是往常从南方寄给他榨菜的亲人吧。这也只是我们的估计而已。凭我们几个初中生，当年打听不清关于他的什么真实情况，也根本不知道向谁们去打听……"

"那，后来你们几个……"

"我们先后都考上了大学。现在，除了我，我们中还出了两位大学教授、一位林业局副局长。还有两个成了外国人，一个在美国，一个在法国。他俩起先也在大学里任教，近年失去联系了。啊对了，现在县中的校长，也是我们中的一个。县中现在是地区的重点中学了。我早已将父母接到北京来住，在林区没亲戚。前年我回去了一次，没什么事儿，就是很想回去看看。一切都今非昔比了，大多数伐木工人都转行了，少部分伐木工人成了护林队员或育林工人。我们那个当县中校长的发小告诉我——据他后来了解，我们的恩师……他算得上是我们的恩师吧……"

我说："当然。"

"我们恩师患的是晚期胃癌，这一点倒是可以肯定的。当年给了他一份工资，只有二十几元，仅够他吃饭活着的，哪里能挤出买药的钱呢？当年在林区，又能买到什么药呢！所以胃疼起来，也只能忍着。现在想来，榨菜是唯一能帮他每天喝得下两碗玉米面糊糊的东西。他连自己园子里收的菜都一点儿不留，证明除了榨菜和玉米面糊糊，他的胃已经不接受任何其他食物了。也许，榨菜对于他的胃，还有匪夷所思的止疼药作用吧，你认为呢？"

我说："这我很难回答你。"

他转动着手中的半截烟，看着，语调缓慢地又说："如果真是那样，当年我们还馋他的榨菜，那可太罪过了。我的大学生活是在哈尔滨度过的，一到哈尔滨，我就到处买榨菜。可当年的哈尔滨，哪哪都买不到榨菜。直到我大三了，哈尔滨的某些副食店里才出现南方的榨菜。我一买到手，就吃零嘴儿似的吃掉了一袋儿。我们中还有一位，第一次乘飞机时，飞机上发的盒饭中有一小袋榨菜。一小袋对于他是不够的，居然厚着脸又向空姐要了一小袋。我们那两个在国外的，隔三岔五的就要跑到唐人街去吃碗榨菜面什么的，说否则胃里就像有馋虫在蹿动……你明白我为什么那么喜欢吃榨菜了吧？"

我说："明白了。"

"我们当县中校长那位，专门咨询过医生，问他那么喜欢吃榨菜，算不算一种病？你猜医生怎么回答他？"

"怎么回答？"

"医生说：'我也喜欢吃榨菜啊！只要每餐吃得清淡点儿，一天一小袋儿，多喝开水，对身体不会有什么危害的。'医生还说自己一犯烟瘾时就吃一条榨菜，竟然把烟戒了，但愿我也能那样。一位又瘦又病的高个儿老人改变了我的人生，而榨菜使我每天的日子有种别人咀嚼不出的特殊滋味……"

我的"环保"专家朋友接着又说了些什么，我已不再注意听了。似乎，他说到了贵人、缘分之类的话，还说到了哪一首歌……

但我的目光已经望向我家的一面墙壁；墙上的小相框中，镶着一幅西方肖像派油画，印刷品——米开朗琪罗的《先知耶利米》；那先知沉郁而苍老，低着头，垂着眼皮，右手撑着下巴，实际上是严严地捂住了自己的嘴。他在思想着什么事，表情苦闷而忧伤。我觉得，那先知若瘦一些，大概就有点儿像我朋友记忆中的瘦老头了吧？

"你在想什么？"

朋友不知何时站到了我身旁。

我说没想什么。

他说："你对良知和责任怎么理解？"

我说："一回事吧？"

"一回事？难道是一回事吗？有良知只不过意味着不做坏事，有责任的人却是要大声疾呼的！在我这一行里，我是有责任的人。在你那一行里，你只不过还有点儿良知罢了！知道我为什么今天到你家来吗？知道我为什么向你讲那些吗？不是因为我讲述的愿望太强烈了，而是为了你！因为你我已经是朋友了，因为我觉得，你这样的作家只保留住了点儿所谓良知，却一点儿都不承担社会责任了那是不对的！估计这年头没什么人会跟你说这种话了。你我既有缘成为朋友，那么我认为我应该成为你人生中的瘦老头！尽管我比你小七八岁……"

　　我惊愕，我呆住，那一时刻我双耳失聪，听不到他接下去所说的话了。

　　我的眼又一次望向《先知耶利米》……

猴　子

公园的笼子里，有一群猴子。它们究竟被关在笼子里多久了，已经无人知晓。

我们说那是笼子，其实是不准确的。因为它更像网状的大房子，猴子们在里边享有着较充分的活动空间。在那空间里，它们是自由的。但，再大的笼子也毕竟是笼子，而不是丛林。

公园的笼子里，还有一棵大树。那树的躯干在笼中，那树的树冠却在笼外。确切地说，是在罩住笼子的铁网的上边。树在笼中的躯干部分，已有多处地方掉皮了，被小猴子淘气扒下去的。树的几茎老根，拱起而扭曲地暴露于地面，宛如丑陋的灰色的蛇。树干中间，还有一个朽洞，而且越朽越大。但那棵树却是一棵野果树。春季仍开花，秋季仍结些果子。树冠在雨天足以遮雨，在酷暑足以投阴。它所结的果子是一年比一年少了，今年秋季结的果子尤其少。于是从网眼掉入笼中的果子，再也不是共享的美食了。

猴群是有地位之分和等级之分的。特权和公认的资格成为占有果子多少的前提。一些掉落在网罩上的果子，只有爬到树干的最上方，将猴臂从网眼伸出网外，才能用猴爪子抓到。却只有某些猴子可以爬到树干的最上方。首先当然是猴王，其次是猴王所亲昵待之的猴，再其次是强壮善斗的猴。

于是那一棵树既不只向笼中投下阴影，也在猴群中造成了不平等现象。

于是嫉妒产生了……

于是愤懑产生了……

于是争抢产生了……

于是撕咬产生了……

于是笼中每每充满了敌视的、战斗的气氛……

年轻的管理员因为猴群的骚动不安而不安，他忧心忡忡地去请教老管理员自己究竟该怎么办。

老管理员说："别睬它们，由它们去。"

年轻的管理员困惑地问："那怎么行？它们会彼此伤害的！"

"它们在丛林中也并非永远和睦相处，有的猴在被逮着以前，就带着互相伤害留下的残疾了。"

"可是……如果被咬死一只呢？"

"死就死吧，死一只，还会出生两只。笼子不是丛林，生而不死，笼中将猴满为患的。"

年轻的管理员虽然觉得老管理员的话不无道理，但对老管理员淡然处之的态度还是有些不解。

老管理员看出了此点，以思想高深的口吻说："对于我们动物园管理员而言，我们最成功的管理就是，使无论猴子还是别的什么动物，彻底地遗忘它们的种群曾生存过的丛林、草原、深山和莽野。使它们的低级头脑之中逐渐形成这样的一种似乎本能的意识——它们天生便是笼中之物。笼子即它们的天地，它们的天地即笼子。通常情况下我们几乎对此无计可施，只有依赖时间，进一步说是依赖它们一代代的退化。退化了的动物不再向往笼子外面的世界，正如精神退化了的人类不再追求民主和自由……"

他正说着，笼子那边传来猴群发出的尖厉而使人惊悚的嚣叫。年轻的管理员看了他一眼，转身向笼子跑去……

猴群在笼中正"战斗"得十分惨烈——具体地说，并非所有的猴子都投入了"战斗"。大多数猴子只不过又蹦又跳，蹿上蹿下，龇牙咧嘴，在自己一方"前线猛士"的后边助威。而双方的几只"猛士"却真的撕咬作一团。那一时刻，猴子显出了它们相当凶残的一面。它们的牙齿一旦咬住对方的要害，就是仿佛死也不会松口，仿佛宁肯同归于尽。那时猴的脸相，与咬住了猎物颈子的狼、狮、豹等猛兽的脸相没什么两样……

年轻的管理员看得目瞪口呆。

一只手轻轻拍在他肩上，是老管理员的手。

老管理员眼望笼中惨烈的自戕情形，慢条斯理地说："好，很好。对于我们，这是再好不过的现象了。看我手上这道疤,猴子挠的。几年前,这群猴子中还有出色的猴王。是的,那是一只出色的猴。它攻击我,因为它很恨人。它恨人,因为人使它和它的猴群变成了供人观看的笼中之物。它以为成功地攻击了我,就可能率它的猴群夺门而逃了。

"我挺钦佩那样的猴子,它那样证明它是一只向往丛林自由的猴子。瞧眼前这群猴子吧!它们中已不太可能产生那样的猴子了。它们相互攻击,撕咬,只不过是为了在笼子里的地位。几年前那一只出色的猴子,是被它的同类咬死的。我由于钦佩它,在动物园里选了个好地方把它埋了……"

一只比猴王更强壮的猴子,将猴王活活咬死了。当血从猴王的颈中射出,年轻的管理员转过了脸不忍看……

"现在,它们开始在它们的同类中树立敌人了。它们越这样,我们越容易成为它们的上帝了。对于我们,这是好现象,很好的现象……"

获胜的猴子,也就是新猴王,显得异常亢奋。它迅速地爬上树干的高处,又迅速地蹿下来,并不时地龇牙咧嘴。蹿上蹿下之际,不忘将猴臂从网眼伸出,抓取几颗果分抛给帮它夺得了王位的"有功之臣"。而那些毛上沾满了同类血迹的猴,则一只只围着树干蹦来蹦去,抓耳挠腮,显出无上荣光的猴子嘴脸。随后啃着果子,分别蹲踞在高高低低的树桠上了,像一只只秃鹫栖在高高低低的树桠上……

于是,在动物园里,在笼子里,那一棵朽树又一次易主了。

从此，这群猴子，以及它们的下一代，低级的头脑中更没有了丛林的概念，更没有了对自由的向往。

从此，年轻的管理员的职责简单多了，尽管猴群中的"战斗"仍时有发生。他认为，那些为笼中地位死了的猴子，是根本不值得他挖个坑埋的……

兄　长

如果，谁面对自己的哥哥，心底油然冒出"兄长"二字的话，那么大抵，谁已老了。并且，谁的"兄长"肯定更老了。

这个"谁"，倘是女性，那时刻她眼里，几乎会漫出泪来；而若是男人，表面即使不动声色，内心里也往往百感交集。男人也罢，女人也罢，这种情况之下的他或她以及兄长，又往往早已是没了父母的人了。即使这个人曾有多位兄长，那时大概也只剩对面或身旁那唯一的一个了。于是同时觉得变成了老孤儿，便更加互生怜悯了。老人而有老孤儿的感觉，这一种忧伤最是别人难以理解和无法安慰的，儿女的孝心只能减轻它，冲淡它，却不能完全抵消它。

有哥的人的一生里，心底是不大会经常冒出"兄长"二字的。"兄长"二字太过文化了，它一旦从人的心底冒了出来，会使人觉得，所谓手足之情类似一种宗教情愫，于是几乎想要告解一番，仿佛只有那样才能驱散忧伤……

几天前，在精神病院的院子里，我面对我唯一的哥哥，心底便忽然冒出了"兄长"二字。那时我忧伤无比，如果附近有教堂，我将哥哥送回病房之后，肯定会前去祈祷一番的。我的祷词将会很简单，也很直接："主啊，请保佑我，也保佑我的兄长……"我一点儿也不会因为这样的祈求而感到羞耻。

我的兄长大我六岁，今年已经六十八周岁了。从二十岁起，他一大半的岁月是在精神病院里度过的。他是那么渴望精神病院以外的自由，而只有当我是一个退休之人了，他才会有自由。我祈祷他起码再活十年，不病不瘫地再活十年。我不奢望上苍赐他更长久的生命。因为照他现在的健康情况看来，那分明是不实际的乞求。我也祈祷上苍眷顾于我，使我再有十年的无病岁月。只有在这两个前提之下，他才能过上十年左右精神病院以外的较自由的生活。对于一个四十八年中大部分岁月是在精神病院中度过的，并且至今还被软禁在精神病院里的人，我认为我的乞求毫不过分。如果有上帝、佛祖或其他神明，我愿与诸神达成约定：假使我的乞求被恩准了，哪怕在我的兄长离开人世的第二天，我的生命也必结束的话，那我也宁愿，绝不后悔！

在我头脑中，我与兄长之间的亲情记忆就一件事：大约是我三四岁时，我大病了一场，高烧，母亲后来是这么说的。我却只记得这样的情形，某天傍晚我躺在床上，对坐在床边心疼地看着我的母亲说我想吃蛋糕。之前我在过春节时吃到过一块，觉得那是世上最好吃的东西。外边下着瓢泼大雨，母亲保证说雨一停，就让我哥去为我买两块。当年，在街头的小铺子里，点心乃至糖果也是可以论块买的。我却哭了起来，闹着说立刻就要吃。于是当年十来岁的哥哥脱了鞋、上衣和裤子，只穿裤衩，戴上一顶破草帽，自告奋勇，表示愿意冒雨去为我买回来。母亲被我哭闹得无奈，给了哥哥一角几分钱，于心不忍地看着哥哥冒雨冲出了家门。外边又是闪电又是惊雷的，母亲表现得很不安，不时起身走到窗前往外望。我觉得似乎过了挺长的钟点哥哥才回来，他进家门时的样子特滑稽，一手将破草帽紧拢胸前，一手拽着裤衩的上边。母亲问他买到没有，他哭了，说第一家铺子没有蛋糕，只有长白糕，第二家铺子也是，跑到了第三家铺子才买到的。说着，哭着，弯了腰，使草帽与胸口分开，原来两块用纸包着的蛋糕在帽兜里。那时刻他不是像什么落汤鸡，而是像一条刚脱离了河水的娃娃鱼；那时刻他也有点儿像在变戏法，是被强迫着变出蛋糕来的。变是终归变出来了两块，却委实变得太不容易了，所以哭，大约因为觉得自己笨。

母亲说："你可真死心眼儿，有长白糕就买长白糕嘛，何必多跑两家铺子非买到蛋糕不可呢？"

他说："我弟要吃的是蛋糕，不是长白糕嘛！"

还说，母亲给他的钱，买三块蛋糕是不够的，买两块还剩下几分钱，他自作主张，还为我买了两块酥糖……

"妈，你别批评我没经过你同意啊，我往家跑时都摔倒了。"

其实对于我，长白糕和蛋糕是一样好吃的东西。我已几顿没吃饭了，转眼就将蛋糕狼吞虎咽地吃了下去。

而母亲却发现，哥哥的胳膊肘、膝盖破皮了，正滴着血。当母亲替哥哥用盐水擦过了伤口，对我说也给你哥吃一块糖时，我连最后一块糖也嚼在嘴里了……

是的，我头脑中只不过就保留了对这么一件事的记忆。某些时候我试图回忆起更多几件类似的事，却从没回忆起过第二件。每每我恨他时，当年他那种像娃娃鱼又像变戏法的少年的样子，就会逐渐清楚地浮现在我眼前。于是我内心里的恨意也就会逐渐地软化了，像北方人家从前的冻干粮，上锅一蒸，就暄腾了。只不过在我心里，热气是回忆产生的。

是的，此前我许多次地恨过哥哥。那一种恨，可以说是到了憎恨的程度。也有不少次，我曾这么祈祷：上帝呵，让他死吧！并且，毫无罪过感。

我虽非教徒，但由于青少年时读过较多的外国小说，大受书中人物影响，倍感郁闷、压抑了，往往也会像那些人物似的对所谓上帝发出求助的祈祷。

千真万确，我是多次憎恨过我的哥哥的。

我上小学三年级时，哥哥已经在读初三了，而我从小学四年级到六年级的三年里，正是哥哥从高一到高三的阶段。那时，我又有了两个弟弟一个妹妹。而实际上，家中似乎只有我和两个弟弟一个妹妹四个孩子。除了过年过节和星期日，我们四个平时白天是不太见得到哥哥的。即使星期日，他也不常在家里。我们能见到母亲的时候，并不比能见到哥哥的时候多一些。而是建筑工人的父亲，则远在大西南。某几年这一省，某几年那一省。从我小学一年级的时候起，父亲就援建"大三线"去了，每隔两三年才得以与全家团圆一次，每次十二天的假期。那对父亲如同独自一人的万里长征，尽管一路有长途汽车和列车可乘坐，但中途多次转车，从大西南的深山里回到哈尔滨的家里，每次都要经历五六天的疲惫途程。父亲的工资当年只有六十四元，他每月寄回家四十元，自己花用十余元，每月再攒十余元。如果不攒，他探家时就得借路费了，而且也不能多少带些钱回到家里了。到过我家里的父亲的工友曾同情地对母亲说："梁师傅太仔细了，舍不得买食堂的菜吃，自己买点儿酱买几块豆腐乳下饭，二分钱一块豆腐乳，他往往就能吃三天！"

那话，我是亲耳听到了的。

父亲寄回家的钱，十之八九是我去邮局取的。从那以后，每次看着邮局的人点钱给我，我的心情不是高兴，而竟特别地难受。正是由于那种难受使我暗下决心，初中毕业后，但凡能找到份工作，我一定不读书了，早日为家里挣钱才更要紧！

那话，哥哥也是当面听到了的。

父亲的工友一走，哥哥哭了。

母亲已经当着来人的面落过泪了，见哥哥一哭，便这么劝："儿子别哭。你可一定要考上大学对不对？家里的日子再难，妈也要想方设法供你到大学毕业！等你大学毕业了，家里的日子不就有缓了吗？爸妈不就会得你的济了吗？弟弟妹妹不就会沾你的光了吗……"

从那以后，我们见到哥哥的时候就更少了，学校几乎成了他的家了。从初中起，他就是全校的学习尖子生，也是学生会和团的干部，他属于那种多项荣誉加于一身的学生。这样的学生，在当年，少接受一种荣誉也不可能，那是自己做不了主的事。将学校当成家，一半是出于无奈，一半也是根本由不得他自己做主。我们的家太小太破烂不堪，如同城市里的土坯窝棚。在那样的家里学习，要想始终保持全校尖子生的成绩是不太可能的，所以他整天在学校里，为那些给予他的荣誉尽着尽不完的义务，也为考上大学刻苦学习。

每月四十元的生活费，是不够母亲和我们五个儿女度日的。母亲四处央求人为自己找工作。谢天谢地，那几年临时工作还比较好找。母亲最常干的是连男人们也会叫苦不迭的累活儿脏活儿。然而母亲是吃得了苦的。只要能挣到份儿钱，再苦再累再脏的活儿，她也会高高兴兴地去干。每月只不过能挣二十来元吧。那二十来元，对我家的日子作用重大。

一年四季，我和弟弟妹妹们的每一天差不多总是这样开始的：当我们醒来，母亲已不在家里，不知何时上班去了。哥哥也不在家里了，不知何时上学去了。倘是冬季，那时北方的天还没亮。或者，炉火不知何时已生着了，锅里已煮熟一锅粥了，不是玉米粥，便是高粱米粥。或者，只不过半熟，得待我起床了捅旺火接着煮。也或者，锅火并没生，屋里冷森森的，锅里是空的，须我来为弟弟妹妹们弄顿早饭吃。煮玉米粥或高粱米粥是来不及了的，只有现生火，煮锅玉米面粥……

我从小学二三年级起就开始做饭、担水、收拾屋子，做几乎一切的家务了。在当年的哈尔滨，挑回家一担水是不容易的。我家离自来水站较远，不挑水也要走十来分钟。对于才小学二三年级的孩子，挑水得走二十来分钟了，因为中途还要歇两三歇。我是绝然挑不起两满桶水的，一次只能挑半桶。如果我早上起来，发现水缸里居然已快没水了，我对哥哥是很恼火的。我认为挑水这一项家务，不管怎么说也应该是哥哥的事。但哥哥的心思几乎全扑在学习上了，只有星期日他才会想到自己也该挑水的，一想到就会连挑两担，那便足以使水满缸了。而我呢，其实内心里也挺期待他大学毕业以后，能分配到较令别人羡慕的工作，挣较多的钱，使全家人过上较幸福的生活。这种期待，往往很有效地消解了我对他的恼火。

然而我开始逃学了。

因为头一天晚上没写完作业或根本就没顾得上写，第二天上午忙得顾此失彼，终究还是没得空写——我逃学。

因为端起锅时，衣服被锅底灰弄黑了一大片，洗了干不了，不洗再没别的衣服可换（上学穿的一身衣服当然是我最体面的一身衣服了）——我逃学。

因为一上午虽然诸事忙碌得还挺顺利，但是背上书包将要出门时，弟弟妹妹眼巴巴地望着我，都显出我一走他们会害怕的表情时——我逃学。

因为外边大雪纷飞，天寒地冻，而家里若炉火旺着，我转身一走不放心；若将炉火压住，家里必也会冷得冻手冻脚——我逃学。

因为外边在下雨，由于房顶处处破损，屋里也下小雨，我走了弟弟妹妹们不知如何是好——我逃学……

我对每一次逃学几乎都有自认为正当的辩护理由。而逃学这一种事，是要付出一而再、再而三的代价的。我头一天若逃学了，晚上会睡不着觉的，唯恐面对老师当着全班同学面的训问不知如何回答是好。结果第二天又逃学，第三天还逃学。最多时，我连续逃学过一个星期，并且教弟弟妹妹怎样帮我圆谎。纸里包不住火，谎言终究是要被戳穿的。有时是同学受了老师的指派到家里来告知母亲，有时是老师亲自到家里来了。往往的，母亲明白了真相后，会沉默良久。那时我看出，母亲内心里是极其自责的，母亲分明感觉到对不住我这个二儿子。

而哥哥却生气极了，他往往这么谴责我：你为什么要逃学呢？为什么不爱学习呢？上学对于你就是那么不喜欢的事吗？你看你使妈妈多难堪，多难过！你是不对的！还说谎，会给弟弟妹妹们什么影响？明天我请假，陪你去上学！

却往往的，陪我去上学的是母亲。母亲不愿哥哥因为陪我去上学而耽误他的课。

哥哥谴责我时，我并不分辩。我内心里有多种理由，但那不是几句话就自我辩护得明白的。那会儿，我是恨过我的哥哥的。他一贯以学校为家，以学习为"唯此为大"之事。对于家事，却所知甚少。以他那样一名诸荣加身的优秀学生看来，我这样一个弟弟简直是不可理喻的，也是一个令他蒙羞的弟弟。在我的整个小学时期，我是同学们经常羞辱的"逃学鬼"，在哥哥眼中是一个令他失望的、想喜欢也喜欢不起来的弟弟。

一九六二年，我家搬了一次家。饥饿的年头还没过去，我们竟一个也没饿死，几乎算是奇迹。而哥哥对于我和弟弟妹妹，只不过意味着有一个哥哥。他在家也只不过就是我们学习的榜样。

那一年我该考中学了，哥哥将要考大学了。

六月，父亲回来探家了。那一年父亲明显地老了，而且特别瘦，两腮都塌陷了。他快五十岁了，为了这个家，每天仍要挑挑抬抬的。他竟没在饥饿的年代饿倒累垮，想来也算是我家的幸事了。

一天，屋里只有父亲、母亲和哥哥在的时候，父亲忧郁地说："我快干不动了，孩子们一个个全都上学了，花销比以前大多了，我的工资却十几年来一分钱没涨，往后怎么办呢？"

母亲说："你也别太犯愁，那么多年苦日子都熬过来了，再熬几年就熬出头了。"

父亲说："你这么说是怪容易的，实际上你不是也熬得太难了吗？我看，千万别鼓励老大考大学了，让他高中一毕业就找工作吧！"

母亲说："也不是我非鼓励他考大学，他的老师、同学和校领导都来家里做过我的工作，希望我支持他考大学……"

父亲又对哥哥说："老大，你要为家庭也为弟弟妹妹们做出牺牲！"

哥哥却说："爸，我想过了，将来上大学的几年，争取做到不必您给我寄钱。"

父亲火了，大声嚷嚷："你究竟还是不是我儿子？难道我在这件事上就一点儿也做不了主了吗？"他们都以为我不在家，其实我只不过趴在外屋小炕上看小说呢。那一时刻，我的同情是倾向于父亲一边的。

在父亲的压力之下，哥哥被迫停止了高考复习，托邻居的一种关系，到菜市场去帮着卖菜。

又有一天，哥哥傍晚时回到家里，将他一整天卖菜挣到的两角几分钱交给母亲后，哭了。那一时刻，我的同情又倾向于哥哥了。

他的同学和老师都认为，他天生似乎是可以考上北大或清华的学生。我也特别地怜悯母亲，要求她在父亲和哥哥之间立场坚定地反对哪一方，对于她都未免太难了。是我和哥哥一道将父亲送上返回四川的列车的。父亲从车窗探出头对哥哥说："老大，我该说的都说了，你自己再三考虑吧！"父亲流泪了。哥哥也流泪了。列车就在那时开动了。等列车开远，我对哥哥说："哥，我恨你！"依我想来，哥哥即使非要考大学不可，那也应该暂且对父亲说句谎话，以使父亲能心情舒畅一点儿地离家上路。可他居然不。

多年以后，我理解哥哥了。母亲是将他作为一个"理想之子"来终日教诲的，说谎骗人在他看来是极为可耻的，那怎么还能用谎话骗自己的父亲呢？

哥哥没再去卖菜，也没重新开始备考。他病了，嗓子肿得说不出话，躺了三天。同学来了，老师来了，邻居来了，甚至街道干部也来了，所有的人都认为父亲目光短浅，不要听父亲的。连他的中学老师也来了，还带来了退烧消炎的药。居然有那么多的人关心我的哥哥，以至于当年使我心生出了几分嫉妒。直至那时，我在街坊四邻和老师同学眼中，仍是一个太不让家长省心的孩子。

哥哥考上了唐山铁道学院——他是为母亲考那所学院的。哈尔滨当年有不少老俄国时期留下的漂亮的铁路员工房。母亲认为，只要哥哥以后成了铁道工程师，我家也会住上那种漂亮的铁路房。

父亲给家里写了一封有一半错字的亲笔信，以严厉到不能再严厉的词句责骂哥哥。哥哥带着对父亲对家庭对弟弟妹妹的深深的内疚踏上了开往唐山的列车。

我上的中学，恰是哥哥的母校。不久全校的老师几乎都认得我了。有的老师甚至在课堂上问："谁是梁绍先的弟弟？"

哥哥虽然考上的不是清华、北大，但他是在发着烧的情况之下去考的呀！而且他放弃了几所保送大学，而且他是为了遵从母命才考唐山铁道学院的！一九六二年，在哈尔滨市，底层人家出一名大学生，是具有童话色彩的事情。这样的一个家庭，全家人都是受尊敬的。

我这名初中生的虚荣心在当年获得了巨大的满足，我开始以哥哥为荣，我也暗自发誓要好好学习了。第一个学期几科全考下来，平均成绩九十几分，我对自己满怀信心。

饥饿像一只大手，依然攥紧着大多数中国人的胃，父亲在大西北挨饿，哥哥在大学里挨饿，母亲和我们在家里挨饿。哥哥居然还不算学校里家庭生活最困难的学生，他每月仅领到九元钱的助学金。他又成了大学里的学生会干部，故须带头减少口粮定量，据说是为了支援亚非拉人民闹革命。父亲不与哥哥通信，不给他寄钱，也挤不出钱来给他寄。哥哥终于也开始撒谎了——他写信告诉家里，不必为他担什么心，说父亲每月寄给他十元钱。那么，他岂不是每月就有十九元的生活费了吗？这在当年是挺高的生活费标准了，于是母亲真的放心了，并因父亲终于肯宽恕哥哥上大学的"罪过"而感动。哥哥还在信中说他投稿也能挣到稿费。其实他投稿无数，只不过挣到了一次稿费，后来听哥哥亲口说才三元……

哥哥第一个假期没探家，来信说是要带头留在学校勤工俭学。第二个假期也没探家，说是为了等到父亲也有了假期，与父亲同时探家。而实际上，他是因为没钱买车票才探不成家。

哥哥上大学的第二个学年开始不久，家里收到了一封学校发来的电报："梁绍先患精神病，近日将由老师护送回家"。电文是我念给母亲听的。

母亲呆了，我也呆了。

邻居家的叔叔婶婶们都到我家来了，传看着电报，陪母亲研究着，讨论着——精神病与疯了是一个意思，抑或不是？好心的邻居们都说肯定还是有些区别的。我从旁听着，看出邻居们是出于安慰。我的常识告诉我，那完全是一个意思，但是我不忍对母亲说。

母亲一直手拿着电报发呆，一会儿看一眼，一直坐到了天明。

而我虽然躺下了，却也彻夜未眠。

第二天我正上最后一堂课时，班主任老师将我叫出了教室——在一间教研室里，我见到了分别一年的哥哥，还有护送他的两名男老师。那时天已黑了，北方迎来了第一场雪。护送哥哥的老师说哥哥不记得往家走的路了，但对母校路熟如家。

我领着哥哥他们往家走时，哥哥不停地问我："家里还有人吗？父亲是不是已经饿死在大西北了？母亲是不是疯了？弟弟妹妹们是不是成了街头孤儿……"

我告诉他母亲并没疯时，不禁泪如泉涌。

那时我最大的悲伤是——母亲将如何面对她已经疯了的"理想之子"？

哥哥回来了，全家人都变得神经衰弱了。因为哥哥不分白天黑夜，几乎终日喃喃自语。仅仅十五平方米的一个破家，想要不听他那种自语声，除非躲到外边去。母亲便增加哥哥的安眠药量，结果情况变得更糟，因为那会使哥哥白天睡得多，夜里更无法入睡。但母亲宁肯那样。那样哥哥白天就不太出家门了，而这不至于使邻居们特别是邻家的孩子们因为突然碰到了他而受惊。如此考虑当然是道德的，但我家的日子从此过得黑白颠倒了。白天哥哥在安眠药的作用下酣睡时，母亲和弟弟妹妹们也尽量补觉。夜晚哥哥喃喃自语开始折磨我们的神经时，我们都凭意志力忍着不烦躁。六口人挤着躺在同一铺炕上，希望听不到是不可能的。当年城市僻街的居民社区，到了夜晚寂静极了。哥哥那种喃喃自语对于家人不啻是一种刑罚。一旦超过两个小时，人的脑仁儿都会剧痛如灼的。而哥哥却似乎一点儿不累，能够整夜自语。他的生物钟也黑白颠倒了。母亲夜里再让他服安眠药，他倒是极听话的，乖乖地接过就服下去。哥哥即使疯了，也还是最听母亲话的儿子。除了喃喃自语是他无法自我控制的，在别的方面，母亲要求他应该怎样、不应该怎样，他都表现得很顺从。弟弟妹妹们临睡前都互相教着用棉团堵耳朵了，母亲睡前也开始服安眠药了，不久我睡前也开始服安眠药了……

两个月后，精神病院通知家里有床位了。

于是一辆精神病院的专车开来，哥哥被几名穿白大褂的男人强制性地推上了车。当时他害怕极了，不知要将他送到哪里去，对他怎么样。母亲为了使他不怕，也上了车。

家人的精神终于得以松弛，而我的学习成绩一败涂地。

我又旷了两天课，也不用服安眠药，在家里睡起了连环觉。

哥哥住了三个月的院，在家中休养了一年。他的精神似乎基本恢复正常了。一年后，他的高中老师将他推荐到一所中学去代课，每月能开回三十五元的代课工资了。据说，那所中学的老师们对他上课的水平评价挺高，学生们也挺喜欢上他的课。

那时母亲已没工作可干了，家里的生活仅靠父亲每月寄回的四十元勉强维持。忽一日一下子每月多了三十五元，生活改善的程度简直接近着幸福了。

那是我家生活的黄金时期。

家里还买了鱼缸，养了金鱼。也买了网球拍、象棋、军棋、扑克。在母亲，是为了使哥哥愉快。我和弟弟妹妹们都知道这一点至关重要，都愿意陪哥哥玩玩。

如今想来，那也是哥哥人生中的黄金时期。

他指导我和弟弟妹妹们的学习十分得法，我们的学习成绩都快速地进步了。我和弟弟妹妹们都特别尊敬他了，他也经常表现出对我们每个弟弟妹妹的关心了。母亲脸上又开始有笑容了。甚至，有媒人到家里来，希望能为哥哥做成大媒了。

又半年后，哥哥的代课经历结束了。

他想他的大学了。

精神病院开出了"完全恢复正常"的诊断书，于是他又接着去圆他的大学梦了。那一年哥哥读的桥梁设计专业迁到四川去了，而父亲也仍在四川。父亲的工资涨了几元，他也转变态度，开始支持哥哥上大学了。父亲请假到哥哥的大学里去看望了哥哥一次，还与专业领导们合影了。哥哥居然又当上了学生会干部，他的老师称赞他跟上学习并不成问题，同意他从大三第一学期开始续读。因为他在家里自学得不错，大二补考的成绩还是中上。

一切似乎都朝良好的方面进展。

那一年已经是一九六五年了。

然而哥哥的大三却没读完——转年"文革"开始，各大学尤其乱得迅猛，乱得彻底。

哥哥又被送回了家里。

这一次他成了"坏"疯子。

他见到母亲说的第一句话居然是"妈，我不坏！"

哈尔滨也渐渐变得不稳定，几乎每天都有令人震动的事发生，也时有悲惨恐怖之事发生。全家人都看管不住哥哥了，经常是，一没留意，哥哥又失踪了。也经常是，三天五天找不到。找到后，每见他是挨过打了。谁打的他，在什么情况下挨的打，我和母亲都不得而知。母亲东借西借，为哥哥再次住院凑钱。钱终于凑够了，却住不进精神病院去。精神病人像急性传染病患者一样一天比一天多，床位极度紧张。盼福音似的盼到了入院通知书，准备下的住院费又快花光了，半年后才住上院。那半年里，我和母亲经常在深夜冒着凛冽严寒跟随哥哥满城市四处去"侦察"他幻觉中的"美蒋特务"的活动地点。他说只有他亲自发现了，才能证明自己并非"坏人"。他又整夜整夜地喃喃自语了。他很可怜地对母亲解释，他不是自己非要那样折磨亲人，而是被特务们用仪器操控的结果，还说他的头也被折磨得整天在疼。母亲则只有泪流不止。

在那样的一些日子里，我曾暗自祈祷：上帝啊，让我尽快没了这样的一个哥哥吧！

即使那时我也并没恨过哥哥，只不过太可怜母亲。我怕哪一天母亲也精神崩溃了，那可怎么办呢？对于我和弟弟妹妹们，母亲才是无比重要的。我们都怕因为哥哥这样了，哪一天再失去母亲。怕极了。

哥哥住了三个月的院，花去了不少的钱，都是母亲借的钱。报销单据寄往大学，杳无回音，大学已经彻底瘫痪了。而续不上住院费，哥哥被母亲接回家了，他的病情一点儿也没减轻。

在接下来的一年里，全家人的精神又倍受折磨，整天提心吊胆。哥哥接连失踪过几次，有次被关在某中学的地下室，好心人来报信，我和母亲才找到了他，他的眼眶被打青了。还有一次他几乎被当街打死，据说是因为他当众呼喊了句什么反动口号。也有一次是被公安局的"造反派"关押了起来，因为他不知从哪儿搞到了笔和纸，写了一张反动的大字报贴到了公安局门口……

"上山下乡"运动开始了。

我毫不犹豫地第一批就报了名。

每月能挣四十多元钱啊！我要无怨无悔地去挣！那么，家里就交得起住院费了，母亲和弟弟妹妹们就获拯救了。

我下乡的第二年，三弟也下乡了。我和三弟省吃俭用寄回家的钱，几乎全都用以支付哥哥的住院费了。后来四弟工作了，再后来小妹也工作了，他俩的学徒工资头三年每月十八元。尽管如此，还是支付不起哥哥的常年住院费，因为那每月要八十几元。但毕竟的，我们四个弟弟妹妹都能挣钱了。幸而街道挺体恤我家的，经常给开半费住院的证明。而半费的住院者，院方是比较排斥的。故每年还有半年的时间，哥哥是住在家里的。

有一年我回家探亲，家里的窗上安装了铁条，钉了木板，玻璃所剩无几；镜子、相框，甚至暖壶，一概易碎的东西一件没有了，菜刀、碗和盘子都锁在箱子里。

我发现，母亲额上有了一处可怕的疤，很深。那肯定是皮开肉绽所造成的。我还在家里发现了自制的手铐、脚镣、铁链。四弟的工友帮着做的。四弟和小妹谈起哥哥简直都谈虎变色了。四弟说哥哥的病不是从前那种"文疯"的情况了。而母亲含着泪说，她额上的伤疤是被门框撞的。那时刻，我内心里产生了憎恨。我认为哥哥已经注定不是哥哥了，而是魔鬼的化身了。那时刻，我暗自祈祷：上帝啊，为了我的母亲、四弟和小妹的安全，我乞求你，让他早点儿死吧！以往我回家，倘哥哥在住院，我必定是要去看望他两次的。第二天一次，临行一次。那次探亲假期里，我一次也没去看他。

临行我对四弟留下了斩钉截铁地嘱咐：能不让他回家就不让他回家！我的一名知青朋友的父亲是民政部的领导，住院费你们别操心，我要让他永远住在精神病院里！我托了那种关系，哥哥便成了精神病院的半费常住患者……而我回到兵团的次年，成了复旦大学的"工农兵学员"。

这件事，我是颇犯过犹豫的。因为我一旦离开兵团，意味着每月不能再往家里寄钱了，并且，还需家里定期接济我一笔生活费。

我将这顾虑写信告诉了三弟，三弟回信支持我去读书，保证每月可由他给我寄钱。这样的表示，已使我欣然。何况当时，我自觉身体情况不佳，有些撑不住抬大木那么沉重的劳动了，于是下了离开兵团的决心。

在复旦的三年，我只探过一次家，为了省钱。分配到北京电影制片厂后，我又将替哥哥付医药费的义务承担了。为了可持续地承担下去，我曾打算将独身主义实行到底。两个弟弟和小妹先后成家，在父母的一再劝说和催促之下，我也只有成家了。接着自己也有了儿子，将父母接到北京来住，埋头于创作，在北京"送走了"父亲，又将母亲接来北京，攒钱帮助弟弟妹妹改善住房问题……各种责任纷至沓来，使我除了支付住院费一事，简直忘记了还有一个哥哥。哥哥对于我，似乎只成了"一笔支出"的符号。

一九九七年母亲去世时，我坐在病床边，握着母亲的手，问母亲还有什么要嘱咐我的。

母亲望着我，眼角淌下泪来。

母亲说："我真希望你哥跟我一块儿死，那他就不会拖累你了……"

我心大恸，内疚极了，俯身对母亲耳语："妈妈放心，我一定照顾好哥哥，绝不会让他永远在精神病院里……"

当天午夜，母亲也"走了"……

办完母亲丧事的第二天，我住进一家宾馆，命四弟将哥哥从精神病院接回来。

哥哥一见我，高兴得像小孩似的笑了，他说："二弟，我好想你。"

算来，我竟二十余年没见过哥哥了，而他却一眼就认出了我！

我不禁拥抱住他，一时泪如泉涌，心里连说：哥哥，哥哥，实在是对不起！对不起……

我帮哥哥洗了澡，陪他吃了饭，与他在宾馆住了一夜。哥哥以为他从此自由了，而我只能实话实说："现在还不行，但我一定尽快将你接到北京去！"

一返回北京，我动用轻易不敢用的存款，在北京郊区买了房子。简易装修，添置家具。半年后，我将哥哥接到了北京，并动员邻家的一个弟弟"二小"一块儿来了。"二小"也是返城知青，常年无稳定工作、稳定住处。我给他开一份工资，由他来照顾哥哥，可谓一举两得。他对哥哥很有感情，由他来替我照顾哥哥，我放心。

于是哥哥的人生，终于接近是一种人生了。

那三年里，哥哥生活得挺幸福，"二小"也挺知足，他们居然都渐胖了。我每星期去看他们，一块儿做饭、吃饭、散步、下棋，有时还一块儿唱歌……

却好景不长，"二小"回哈尔滨探望他自己的哥哥及妹妹时，某日不慎从高处跌下，不幸身亡。这噩耗使我伤心了好多天，我只好向单位请了假，亲自照看哥哥。

我对哥哥说："哥，二小不能回来照顾你了，他成家了……"

哥哥怔愣良久，竟说："好事。他也该成家了，咱们应该祝贺他，你寄一份礼给他吧。"

我说："照办。但是，看来你又得住院了。"

哥哥说："我明白。"

那年，哥哥快六十岁了。他除了头脑、话语和行动都变得迟钝了，其实没有任何可能具有暴力倾向的表现。相反，倒是每每流露出次等人的自卑来。

我说："哥，你放心，等我退休了，咱俩一块儿生活。"

哥哥说："我听你的。"

哥哥在北京先后住过了几家精神病院，有私立的，也有公立的。现在住的这一所医院，据说是北京市各方面条件最好的，每月费用四千元左右。幸而我还有稿费收入，否则，即或身为教授，只怕也还是难以承担。

前几天，我又去医院看他。天气晴好，我俩坐在院子里的长椅上，我看着他喝酸奶，一边和他聊天。在我们眼前，几只野猫慵懒大方地横倒竖卧。而在我们对面，另一张长椅上坐着一对老伴儿，他们中间是一名五十来岁的健壮患者，专心致志、大快朵颐地吃烧鸡。那一对老伴儿，看去是从农村赶来的，都七十五六岁了。二老腿旁，也都斜立着树权削成的拐棍。他们身上落了一些尘土，一脸疲惫。

我问哥："你当年为什么非上大学不可？"

哥哥说："那是一个童话。"

我又问："为什么是童话？"

哥哥说："妈妈认为只有那样，才能更好地改变咱们家的穷日子。妈妈编那个童话，我努力实现那个童话。当年我曾下过一种决心，不看着你们几个弟弟妹妹都成家立业了，我自己是绝不会结婚的……"他看着我苦笑。原来哥哥也有过和我一样的想法！我心一疼，黯然无语，呆望着他，像呆望着另一个自己的化身。哥哥起身将塑料盒扔入垃圾桶，复坐下后，看着一只猫反问：

"你跟我说的那件事，也是童话吧？""什么事？"我的心还在疼着。"就是，你保证过的，退休了要把我接出去，和我一起生活……"想来，那一种保证，已是六七年前的事了，不料哥哥始终记着。他显然也一直在盼着。

哥哥已老得很丑了。头发几乎掉光了，牙也不剩几颗了，背驼了，走路极慢了，比许多六十八九岁的人老多了。而他当年，可是一个一身书卷气、儒雅清秀的青年，从高中到大学，追求他的女生多多。

我心又是一疼。

我早已能淡定地正视自己的老了，对哥哥的迅速老去，却是不怎么容易接受的，甚至有几分慌恐、恓惶，正如当年从心理上排斥父亲和母亲无可奈何地老去一样。

"你忘了吗？"哥哥又问，目光迟滞地望着我。我赶紧说："没忘，哥，你还要再耐心等上两三年……""我有耐心。"他信赖地笑了，话说得极自信。随后，眼望向了远处。

其实，我晚年的打算从不曾改变——更老的我，与老态龙钟的哥哥相伴着走向人生的终点，在我看来，倒也别有一种圆满滋味在心头。对于绝大多数的人，人生本就是一堆责任而已。参透此谛，爱情是缘，友情是缘，亲情尤其是缘，不论怎样，皆当润砾成珠。

对面的大娘问："是你什么人呀？"我回答："兄长。"话一出口，自窘起来。现实生活中，谁还说"兄长"二字啊！大娘耳背，转脸问大爷："是他什么人？"大爷大声冲她耳说："是他老哥！"我问大娘："你们看望的是什么人啊？"

她说："我儿子。"看儿子一眼，她又说，"儿子，慢点儿吃，别噎着。"

大爷说："为了给他续上住院费，我们把房子卖了。

没家了，住女婿家去了……"

他们的儿子津津有味地吃着，似乎老父亲老母亲的话，他一句也没听到。

我心接着一疼。这一次，疼得格外锐利。

母亲养蜗牛

母亲是住惯了大杂院的。

大杂院自有大杂院的温馨。邻里处得好，仿佛一个大家庭。故母亲初住在北京我这里时，被寂寞所围的情形简直令我感到凄楚。单位只有一幢宿舍楼，大部分职工是中青年，当然不是母亲聊天的对象。由于年龄、经历、所关注事物之不同，除了工作方面的话题，甚至也不是我的聊天对象。我是早已习惯了寂寞的人，视清静为一天的好运气，一种特殊享受。而且我也早已习惯了自己和自己诉说，习惯了心灵的独白。那最佳方式便是写作。稿债多多，默默地落笔自语，成了我无法改变的生活定律了。

我们住的这幢楼，大多数日子，几乎是一幢空楼。白天是，晚上仿佛也是。人们在更多的时候不属于家，而属于摄制组。于是母亲几乎便是一位被"软禁"的老人了……

为了排遣母亲的寂寞，我向北影借了一只鹦鹉。就是电影《红楼梦》中黛玉养在"潇湘馆"的那一只。一个时期内，它成了母亲的伴友，常与母亲对望着，听母亲诉说不休。偶尔发一声叫，或嘎唔一阵，似乎就是"对话"了。但它有"工作"，是"明星"，不久又被"请"去拍电影了。母亲便又陷入寂寞和孤独的苦闷之中……

幸而住在我们楼上的人家"雪中送炭"，赠予母亲几只小蜗牛。并传授饲养方法，交代注意事项。那几个小东西，只有小指甲的一半儿那么大，呈粉红色，半透明，隐约可见内中居住着不轻易外出的胎儿似的小生命。其壳看上去极薄极脆，似乎不小心用指头一碰，便会碎了。

母亲非常喜欢它们，视若宝贝，将它们安置在一个漂亮的装过茶叶的铁盒儿里，还预先垫了潮湿的细沙。有了那么几个小生命，母亲似乎又有了需精心照料和养育的儿女。七十多岁的老太太，仿佛又变成了一位责任感很强的年轻的母亲。她要经常将那小铁盒儿放在窗台上，盒盖儿敞开一半，使那些小东西能够晒晒太阳。并且，要很久很久地守着，看着，怕它们爬到盒子外边，爬丢了。就好比一位母亲守在床边儿，看着婴儿在床上爬，满面洋溢母爱，一步不敢离开。唯恐一转身之际，婴儿会摔在地下似的。连雨天，母亲担心那些小生命着凉，就将茶叶盒儿放在温水中，使沙子能被温水焐暖些。它们爱吃的是白菜心儿、苦瓜、冬瓜之类，母亲便将这些蔬菜最好的部分，细细剁了，撒在盒儿内。一次不能撒多，多了，它们吃不完，腐烂在盒儿内，则必会影响"环境卫生"，有损它们健康。它们是些很胆怯的小生命，盒子微微一动，立即缩回壳里。

它们又是些天生的"居士"，更多的时候，足不出"户"，深钻在沙子里，如同专执一念打算成仙得道之人，早已将红尘看破，排除一切凡间滋扰，"猫"在深山古洞内苦苦修行。它们又是那么的羞涩，宛如大门不出二门不迈的名门闺秀。正应了那句话，真人不露相，露相不真人。偶尔潜出"闺阁"，总是缓移"莲步"，像提防好色之徒，攀墙缘树偷窥芳容玉貌似的。觉得安全，则便与它们的"总角之好"在小小的"后花园"比肩而行。或一对对，隐于一隅，用细微微的触角互相爱抚、表达亲昵……

母亲日渐一日地对它们有了特殊的感情。那种感情，是与小生命的一种无言的心灵之倾诉和心灵之交流。而那些甘于寂寞、与世无争、与同类无争的小生命，也向母亲奉献了愉悦的观赏的乐趣。有时，我为了讨母亲的欢心，常停止写作，与母亲共同观赏……

八岁的儿子也对它们产生了浓厚的兴趣，也开始经常捧着那漂亮的小蜗牛们的"城堡"观赏。那一种观赏的眼神儿，闪烁着希望之光。都是希望之光，但与母亲观赏时的眼神儿，有着质的区别……

"奶奶，它们怎么还不长大啊？"

"快了，不是已经长大一些了吗？"

"奶奶，它们能长多大呀？"

"能长到你的拳头那么大呢！"

"奶奶，你吃过蜗牛吗？"

"吃？……"

"我们同学就吃过，说可好吃了！"

"哦……兴许吧……"

"奶奶，我也要吃蜗牛！我要吃辣味儿蜗牛！我还要喝蜗牛汤！我同学的妈妈说，可有营养了！小孩儿常喝蜗牛汤聪明……""这……""奶奶，你答应我嘛！""它们现在还小哇……""我有耐性等它们长大了再吃它们。不，我要等它们生出小蜗牛以后再吃它们。这样我不就永远可以吃下去了吗？奶奶你说是不是……"母亲愕然。我阻止他："不许你存这份念头！不许你再跟奶奶说这种话！难道缺你肉吃了么？馋鬼，你是一头食肉动物哇？"儿子眨巴眨巴眼睛，受了天大委屈似的，一副要哭的模样，母亲便哄："好，好，等它们长大了，奶奶一定做了给你吃。"我说："不能什么事儿都依他！由我替奶奶保护它们，看谁敢再提要吃它们！"儿子理直气壮地说："吃猪肉、羊肉、牛肉可以，吃鸡肉可以，吃烤鸭可以，为什么吃蜗牛就不行？"我晓之以理："我们吃的是肉……"儿子说："我想吃的也是蜗牛肉呀，我说吃它们的壳了吗？"我说："你得明白，人自己养的东西，是舍不得弄死了吃的。这个道理，是尊重生命的道理……"

儿子顶撞我："你骗小孩儿！你尊重生命了吗？上次别人送给你的蚕蛹儿，活着的，还在动呢，你就给用油炸了！奶奶不吃，妈妈不吃，我也不吃，全被你一个人吃了！我看你吃得可香呢……"

我无言以对。从此，儿子似乎更认为，首先在理论上，有极其充分的、天经地义的、无可辩驳的吃蜗牛的根据了……从此，母亲观看那些小生命的时候，儿子肯定也凑过去观看……先是，儿子问它们为什么还没长大，而母亲肯定地回答——它们分明已经长大了……

后来是，儿子确定地说，它们分明已经长大了。不是长大了些，而是长大了许多，而母亲总是摇头——根本就没长……

然而，不管母亲怎么想，怎么说，也不管儿子怎么想，怎么说，那些小小的生命，的的确确是天天长大着。在母亲的精心饲养下，长得很迅速。壳儿开始变黑了，变硬了。不再是些仿佛不经意地用指头轻轻一碰就易破碎的小东西了，它们的头和它们的柔软的身躯，从它们背着的"房屋"内探出时，也有形有状了，憨态可掬，很有妙趣了。它们的触角，也变粗变长了，俩俩一对儿，在盒之一隅卿卿我我，"耳鬓厮磨"之际，更显得情意缱绻，斯文百种了……

那漂亮的茶叶盒儿，对它们来说未免显得小了。

于是母亲将它们移入另一个盒子里，一个装过饼干的更漂亮的盒子。

"奶奶，它们就是长大了吧？"

"嗯，就是长大了呢……"

"奶奶，它们再长大一倍，就该吃它们了吧？"

"不行，得长到和你拳头一般儿大。你不是说要等它们生出小蜗牛之后再吃它们吗？""奶奶，我不想等到那时候，我只吃一次，尝尝什么味儿就行了……"母亲默不作答。我认为有必要和儿子进行一次更郑重更严肃些的谈话。一天，趁母亲不在家，我将儿子扯至跟前，言衷词切，对他讲奶奶抚养爸爸、叔叔和姑姑成人，一生含辛茹苦，忍辱负重，是多么的不容易。自爷爷去世后，奶奶的一半，其实也已随着爷爷而去了。爸爸的活法又是写作，有心挤出更多的时间陪奶奶，也往往心恳而做不到。爸爸的时间，常被某些不相干的人不相干的事侵占了去，这是爸爸对奶奶十分内疚而无奈的。奶奶内心的孤独和寂寞，是爸爸虽理解也难以帮助排遣的。为此爸爸曾买过花，买过鱼。可养花养鱼，需要些专门的常识。奶奶养不好，花死了，鱼也死了。那些小小的蜗牛，奶奶倒是养得不错，而你还天天盼着吃了它们，你对吗……儿子低下头说："爸爸，我明白了……"我问："你明白什么了？"儿子说："如果我吃了蜗牛，便是吃了奶奶的那一点儿欢悦……"

我说："既然你明白了，以后再也不许对奶奶说吃不吃蜗牛的话了！"儿子一副信誓旦旦的模样，诺诺连声。果然再不盼着吃辣味儿蜗牛、喝蜗牛汤了。甚至，再不关注那更漂亮的蜗牛们的新居了……

一天，我下班回到了家里，母亲已做好晚饭，一一摆上桌子。母亲最后端的是一盆蜗牛汤，对儿子说："你不是要喝蜗牛汤么？我给你做了，可够喝吧！"

我愕然。儿子也愕然。我狠狠瞪儿子。儿子辩白："不是我让奶奶做的……"母亲也说："是我自己想做给我孙子喝的……"母亲说着，朝我使眼色……我困惑，首先拿起小勺，舀了一勺，慢呷一口，鲜极了！但我品出，那绝不是什么蜗牛汤，而是蛤蜊汤。我对儿子说："奶奶是为你做的，你就喝喝吧！"儿子迟疑地拿起小勺，喝了起来。我问："好喝吗？"儿子说："好喝。"又问："奶奶对你好不好？"儿子说："好……奶奶，等我长大了，能挣钱了，挣的钱都给你花……"八岁的儿子动了小孩儿的感情，眼泪吧嗒吧嗒落入汤里，母亲欣慰地笑了……其实母亲将那些长大了的，她认为完全能够独立生活的蜗牛放了，放于楼下花园里的一棵老树下。那儿土质松软，潮湿，很适于它们生存。而且，老树还有一深深的树洞，大概是可供它们避寒的……母亲依然每日将蜗牛们爱吃的菜蔬之最鲜嫩的部分，细细剁碎，撒于那棵树下……一天，母亲喜笑颜开地对我说："我又看到它们了！"我问："谁们呀？"

母亲说："那些蜗牛呗。都好像认识我似的，往我手上爬……"我望着母亲，见母亲满面异彩。那一时刻，我觉得老人们心灵深处情感交流的渴望，真真的令我肃然，令我震颤，令我沉思……

而长大成人的儿子们和女儿们，做了父母的儿子们和女儿们，四十多岁五十多岁的儿子们和女儿们，我们还能够细致地经常洞察到这一点吗？

冬天来了。

树叶落光了。

大地冻硬了。

母亲孑然一身地走了。我给母亲的信中写道："妈，来年春天。我会像您一样，天天剁了细碎的蔬菜，去撒在那一棵老树下……"那些甘于寂寞的，惯于离群索居的，羞涩的，斯文的，与世无争与同类无争的蜗牛们啊，谁知它们是否会挨过寒冷的冬天呢？谁知它们明年春天是否会出现在那一棵老树之下呢？它们真的会认识饲养过它们的我的老母亲么？居然也会认识那样一位老母亲的儿子吗？……愿上帝保佑它们！

第二章

喜乐悲欢交织，
日常点滴皆是温暖

左手握着仓促的青春年华，右手握着俗世的人间烟火，我们选择了一边怀念，一边行走天涯。

羊皮灯罩

　　此刻，羊皮灯罩拎在女人手里，女人站在灯具店门外，目光温柔地望着马路对面。过街天桥离地不远横跨马路，天桥那端的台阶旁是一家小小的理发铺。理发铺隔壁，是一间更小的板房，也没悬挂什么牌匾，只在窗上贴了四个红字"加工灯罩"。窗子被过街天桥的台阶斜挡了一半，从女人所伫立的地方，其实仅可见"加工"二字。

　　女人望着的正是那扇窗，目光温柔且有点儿羞赧，还有点儿犹豫不决。她已经驻足相望了一会儿了。她似乎无视马路上的不息车流，耳畔似乎也听不到都市的喧杂之声。分明的，她不但在望着，内心里也在思忖着什么。

　　这一天是情人节。

　　女人另一只手拿着一枝玫瑰。

　　太阳在天空的位置刚刚西偏，一个难得的无风的好天气。春节使过往行人的脚步变得散漫了，样子也都那么悠闲。再过几天，就是这女人二十九岁生日了。在城市里，尤其大都市里，二十九岁的女人，倘容貌标致，倘又是大公司的职员，正充分地挥发着"白领丽人"既妩媚又成熟的魅力。

这二十九岁的来自于乡下的女人，虽算不上容貌标致，但却幸运地有着一张颇经得住端详的脸庞。那脸庞上此刻也呈现着一种乡下水土所养育的先天的妩媚，也隐书着城市生活所造就的后天的成熟。只不过她这一辈子怕是永远与"白领丽人"四字无缘了。因为她在北京这座全中国生存竞争最为激烈的大都市拼打了十余年，刚刚拼打出一小片属于自己的天地——一个雇了两名闯北京的乡下打工妹的小小包子铺。在那两名打工妹心目中，她却是成功人士，是榜样。她的业绩对她们的人生起着她自己意想不到的鼓舞作用。

她今天穿的是她平时舍不得穿的一套衣服，确切地说那是一套咖啡色的西服套装。对于一个二十九岁的女人，咖啡色是一种既不至于使她们给人以轻浮印象，也不至于看去显得老气的颜色。而黑色的弹力棉长袜，使她挺拔的两条秀腿格外引人注目。她脚上穿的是一双半高跟的靴子，脸上化着淡淡的妆。总之在北京二月这一个朗日，在知名度越来越高地影响着中国人的情人节的下午，这个左手拎着一盏羊皮灯罩，右手拿着一枝红玫瑰，目光温柔且羞赧地望着马路对面那扇窗的，开家小小包子铺雇两名乡下打工妹的二十九岁的女人，要踏上离她不远的过街天桥"解决"一件对女人来说比男人尤其重大的事情。那件事有的人叫作"爱"，有的人叫作"婚姻"。

其实她并不犹豫什么，也对结果抱着感觉特别良好的预期。她非是一个脱离现实的女人。北京对她最有益的教诲那就是——任何时候任何情况之下，都千万别变成一个脱离现实的人而自己懵懂不悟。她那一种感觉特别良好的预期，是马路对面那扇窗内的一个男人，不，一个青年的眼睛告诉给她的。尽管她比他大五岁，她却深信他们已心心相印。那是一双怎样的眼睛啊！充满自尊，也有点忧郁。对于那样一双眼睛，爱是无须用话语表达的。

灯具店的售货员要将她买了的羊皮灯罩包起时，她说不用。

"拎到马路对面去进行艺术雕刻吧？"

她点了一下头，一时的脸色绯红。

"凡是到我们这儿买这种羊皮灯罩的，十有六七都拎到马路对面去加工。那小伙子特有艺术水平，不愧是专科艺术院校的学生。唉，可惜了，要不哪会沦落到那种……"

她怕被售货员姑娘看出自己脸红了，拎起羊皮灯罩赶紧离开。

一男一女从那小屋走出，女人所拎和她买的是一模一样的羊皮灯罩。女人将灯罩朝向太阳擎举起来，转动着，欣赏着。男人一会儿站在女人左边，一会儿站在女人右边，一会儿又站在女人背后，也从各个角度欣赏。隔着马路，她望不到人家那羊皮灯罩上究竟刻着什么图案或字。却想象得到，对着太阳的光芒欣赏，一定会给人一种比灯光更美好的效果。艺术加工过的羊皮灯罩，内面是衬了彩纱的。或红，或粉，或紫，或绿，各色俱全，任凭选择。那男人一手搂在女人肩上，当街在女人颊上吻了一下。她想，如果他们不满意，是不会当街有那么情不自禁的举动的。于是她内心替那扇窗里的青年感到欣慰，甚而感到自豪。望着那一对男女坐入出租车，她不再思忖什么，迈着轻快的步子踏上了天桥台阶……

半年前的某日她到工商局去交税，路过马路对面那扇窗。突然的，玻璃从里边被砸碎了，吓了她一大跳，紧接着传出一个男人的叫嚷声："你算什么东西？你怎么敢不经我们的许可给加了一个'、'号？你今天非得用数倍的钱赔我这灯罩不可！因为我的精神也受损失了……"

于是很多行人停住了脚步。她也停住了脚步，但见小屋内一个衣着讲究的男人，正对一个坐在桌后的青年气势汹汹。男人身旁是一个脂粉气浓的女人，也挑眉瞪眼地煽风点火："就是，就是，赔！至少得赔五倍的钱……"

坐在桌后的青年镇定地望着他们，语调平静而又不卑不亢地说："赔是可以的。赔两个灯罩的钱也是可以的。但是赔五个灯罩的钱我委实赔不起，那我这一个月就几乎一分不挣了……"

同是外乡闯北京之人，她不禁地同情起那青年来，也被那青年清秀的脸和脸上镇定的不卑不亢的神情所吸引。在北京，在她看来，许许多多男人的脸，都不同程度地存在着酒色财气浸淫和污染的痕迹，有的更因是权贵是富人而满脸傲慢和骄矜，有的则因身份卑下而连同形象也一块儿猥琐了，或因心术不正欲望邪狞而样子可恶。她的眼前大都市里的形形色色的男人形形色色的脸已极富经验，但那青年的脸是多么地清秀啊！多么地干净啊！是的，清秀又干净。她只有小学五年级文化，清秀和干净四字，是她头脑中所存有的对人的面容的最高评语。她认为她动用了那最高评语是恰如其分的。

人们渐渐地听明白了——那一对男女要求那青年在他们的羊皮灯罩上完完整整地刻下苏轼的一首什么似花非花的词，而那青年把其中一句用标点断错了。一位老者开口为青年讨公道，他说："没错。苏轼这一首词，是和别人词的句式作的。'恨西园、落红难缀'一句，之间自古以来就是断开的。"

那青年说："我就是这么告诉他们的。"语调仍平静得令人肃然起敬。

那男人指着老者说："你在这儿充的什么大瓣蒜，一边儿去。没你说话的份儿！"他口中朝人们喷过来阵阵酒气。

老者说："我不是大瓣蒜。我是大学里专教古典诗词的教授。教了一辈子了。"

那女人说："我们是他的上帝！上帝跟他说话，他连站都不站起来一下！一个外地乡巴佬，凭点儿雕虫小技在北京混饭吃，还摆的什么臭架子！"

这时，理发铺里走出了理发师傅。理发师傅说："刚才我正理着发，离不开。"说着，他进入小屋，将挡住那青年双腿的桌子移开了。那青年的两条裤筒竟空荡荡的……

理发师傅又说："他能站得起来吗？他每天坐这儿，是靠几位老乡轮流背来背去的！他怕没法上厕所，整天都不敢喝口水！……"在众人谴责目光的咄咄盯视之下，那对男女无地自容，拎上灯罩悻悻而去。有人问："给钱了吗？"青年摇头。有人说："不该这么便宜了他们！"青年笑笑，说："跟一个喝醉了的人，有什么可认真的呢？"……她从此忘不掉青年那一张清秀而又干净的脸了。后来她就自己给自己制造借口，经常从那扇窗前过往。每次都会不经意似的朝屋里望上一眼……再后来，每天中午，都会有一名打工妹，替她给他送一小笼包子。她亲手包的，亲手摆屉蒸的……再再后来，她亲自送了。并且，在他的小屋里待的时间越发地长了……终于，他们以姐弟亲昵相称了……二十九岁的这个女人，因为迟迟地还没做妻子，已经有点儿缺乏回家乡的勇气了。二十九岁的这个女人，虽然迟迟地还没做妻子，却有过十几次性的经历了。某种情况之下是自己根本不情愿的；某种情况之下是半推半就的。前种情况之下是为了生意得以继续；后种情况是由于心灵的深度寂寞……

现在，她决定做妻子了。她不在乎他残疾，深信他也不会在乎她比他大五岁。她此刻柔情似水。踏下天桥，站在那小屋门外时，却见里边坐的已不是那青年，而是别的一个青年。

人家告诉她，他"已经不在了"。他在大学三年级时不幸患了骨癌，截去了双腿。他来到北京，就是希望减轻家里的经济负担，靠自己的能力医治自己的病，可癌症还是扩散了……

人家给了她一盏羊皮灯罩，说是他留给她的，说他"走"前，撑持着为她也刻下了那首什么似花非花的词……

二十九岁的这个外省的乡下女人，顿时泪如泉涌……

不久，她将她的包子铺移交给两名打工妹经营，只身回到乡下去了；很快她就结婚了，嫁给了一个四十多岁的二茬光棍。在她的家乡那一农村，二十九岁快三十岁的女人，谈婚论嫁的资本是大打折扣的。一年后她生了一个男孩儿，遂又渐渐变成了农妇。刻了什么似花非花词的羊皮灯罩，从她结婚那一天起，一直挂着，却一直未亮过。那村里的人都舍不得钱交电费，电业所把电线绕过村引开去了……

那羊皮灯罩已落满灰尘。

又变成了农妇的这个女人，与村里所有农妇不同的是，每每低吟一首什么似花非花的词。只吟那一首，也只知道世上有那么一首词。吟时，又多半是在奶着孩子。每吟首尾，即"似花还似非花，也无人惜从教坠"和"细看来，不是杨花，点点是离人泪"二句，必泪潸潸下，滴在自己乳上，滴在孩子小脸上……

不愿说当年

　　文学报的编辑促我为他主持的专栏写稿，电话之后是信函。其意也诚，其言也切。这就使我又一次陷于没法儿请求恕免的境地了。区区千五百字，说什么都无疑是借口。

　　专栏限定了写第一次获奖感受。此前《小说月报》也来函约稿，要求也只不过区区于五百字，内容是谈获《小说月报》奖的感受。全国奖也罢，《小说月报》奖也罢，在我，那当年的感受是差不多的。因为乃是由同一篇小说在一九八三年初同时获全国奖和《小说月报》之"百花奖"。那小说自然是《这是一片神奇的土地》。其后，这儿那儿，半情愿不情愿的，便发表了些谈体会、谈感受的文字。有的还收在了集子里，集子还是在近年内出版的。又谈，自己就先行的讨厌自己了。

　　这区区千五百字使我为难了整整三天！

　　今天我刚从大连和沈阳签名售书回来，写好了地址贴上了邮票的信封，从大连带到沈阳，从沈阳带回北京。同

行的张抗抗和胡健两位女士大诧，说："梁晓声你真的惜
时如金到这种地步，还是做秀给我们看呢？"

只有苦笑。

不仅不愿说当年，其实也不愿说现在。

六月十八日我从福州领回了三份获奖证书和三个奖
杯，还有四千元奖金。

一位老评委半开玩笑半认真地问我有何感受。

我诚实地回答："我还是特别看重《中篇小说选刊》
奖的。"

进了家门我将捧着的三个奖杯往桌上一放，喜滋滋地
说："我回来了！"——并将以前的一个奖杯从书架上取
下，总共四个摆在一起。

七十八岁的老母亲从沙发上欠起身问："发了奖杯，
就不发奖金了吧？"

我说："奖金也有啊，四千呢！"

老母亲缓缓又躺下在沙发上了，自言自语："奖杯没
顶了奖金就好。"

初二的儿子捧着《新华词典》走过来问我——某个词
的解释为什么词典上和他学的课文中不一样？

我说："没看见啊？"儿子说："什么？"

我说："奖杯呀！"儿子说："看见了。"

我有点儿悻悻地说："看见了也不表示表示？"

儿子愣了愣，脱口而出的一句话是："爸你俗不俗啊！"

他始终没正眼瞧我那一溜儿四个奖杯，也不问我某个

字的解释了，一转身离去……妻正巧回来，见桌上的一道"风景"，说："你打算拍卖吗？"

我说："什么话！刚捧回家来，多少钱也不卖！"妻笑了，说："好像你缺钱花的时候真能卖出个大价钱似的！"我便无话可说。

而"阿姨"小芳此时走来细看了一会儿之后问："叔，木头的吧？"

我说："小芳，记住，这叫脱胎漆器！"她就伸手摸，结果碰掉了一个杯尖儿。

我说："你看你！"

妻说："小芳，别碰他那玩意儿。你瞧他那样儿，不知自己在哪儿碰坏的呢！"的确是我自己在飞机上碰坏的。

小芳又怯怯地问："叔，往哪儿摆？"

我说："当然都摆书架上！""天天都得擦吗？"问得我也愣了愣。我一赌气将四个奖杯捧到阳台上，摆在杂物柜上……

在我自己的家里并无人为我的获奖喝彩。这就是我为什么在外人前总显得格外谦虚的缘故。

我是一个非常冷静的写小说的人，从一九八五年就开始非常冷静了。如果有人竟指责我也曾张狂过，那肯定是胡说八道。因为，早在一九八五年，从《世界之窗》上，我读到过一篇法国当代的一百项社会调查。第七十九项使我知道——在法国这一个具有过世界意义的文学辉煌的国家，仅有百分之五的父母同意自己的女儿嫁给作家，括号内五个阐明前提的字是——畅销书作家……

那一期《世界之窗》我仍保留着，只不过再也没翻过。

从那时起我就冷静地知道，小说在中国必会和在法国一样，这不值得大惊小怪。就目前而言，其实比在法国的境况要好得多！

我曾对几乎我的每一位同行讲到过法国那"第七十九项"调查，但是以后十几年来我仍孜孜不倦地写着，我的大多数同行们也是。

最近在北京某几所中学里的调查表明——百分之九十以上的中学生和高中生的最大人生志愿是想当资本家，想当作家的不足百分之一，而且多数是女生。

我的儿子倒并不想当资本家，但是也坚决地不想当作家。不知为什么他想当一名烹饪大师，对此我简直不知该如何表态，因为我更爱吃粗茶淡饭。

一天夜里我失眠，自己也不知是受一种什么心理的促使就走到了阳台上。望着那一溜儿四个奖杯，我觉得我的目光肯定是既含情脉脉又愧疚种种，如同望着一个既难终成眷属又难移情别爱的女子。

这时我就想起了"马五哥和尕豆妹"的故事。想起了其中的一句话儿：

马五哥死也偏爱尕豆妹，爱得个搭赔上血来……

在中国，除了特例，文学的奖金一向是较低的。文学的获奖证书一向是较普通的一种。文学一向是没有奖杯的，有也常是景泰蓝瓶子。《中篇小说选刊》的奖杯，在当年不啻是一个"创举"。

我的写作，并不一向为获奖。

但我实话实说——每一份获奖证书，每一次获奖，对我都是一种鞭策，一种勉励，还是一种欣慰。真的。尽管我的获奖证书都收在壁橱里，奖杯摆在阳台上。我承认我是一个需要勉励和鞭策的人，我承认我是一个希望体会到欣慰是怎么一回事儿的人。

我对自己也很清醒——由于接触的社会面斑杂广泛，时有引发创作冲动的人和事撞入思维，故我比较勤奋。由于爱好甚少，天性不喜玩乐，亦不喜交结，故我写的比较多些。由于写的比较多些，由于持之以恒，故拥有了较固定的读者群。由于活得并不潇洒，也就不敢"玩文学"，也就被归为较严肃的作家一类。如此而已。仅此而已。就整体创作水准而言，我觉得自己从未达到过最佳阶段，从未进入过最佳状态。正如我认为新中国建国以来的文学，从未达到过最佳阶段，从未进入过最佳状态。这也许正是我和我的许多同行孜孜不倦的原因吧？

仅今年一月至六月，我便撕毁了三部长篇的最初几章，约十余万字。类似的构思往往成了同行们听听罢了的"口头文学"。

我所想写的往往是最好不写的。我所写的往往是许多同行都在写的。

我常郑重地标榜我坚持现实主义，可连我也不得不开始将现实主义荒诞化、魔幻化。"逼上梁山"常使我倍觉内心不是滋味儿……

忽然我发现老母亲、妻子、儿子、小芳都在向我探头探脑。由于我开亮了灯，在阳台上发呆，他们对我半夜三更的古怪行径困惑而不安了……

妻柔声问："想找胶水儿粘那奖杯是吗？"

于是儿子告诉我胶水在哪儿。

于是小芳告诉我安眠药在哪儿。

而老母亲说："睡吧，不兴这样，搞的全家人心惶惶的……"

我知道，妻子、儿子、老母亲，包括小芳，内心里其实都是那么的体恤我，都希望我别再写了……

而写成了我的最严重的"毛病"，成了我永远也戒不了的一支"烟"了！哪一天我戒了烟，也还是戒不了写……

本命年联想红腰带

牛年是我本命年。

屈指一算，截至写此篇文章时，我已与牛年重逢四次了。于是联想到了孔乙己数茴香豆的情形，就有一个惆怅迷惘的声音在耳边喃喃道："多乎哉？不多也。"自然是孔乙己的传世的名言，却也像一位老朋友作难之状大窘的暗示——其实是打算多分你几颗的。可是你瞧，不多也。真的不多也！

于是自己也不免的大窘，窘而且恓惶。前边曾有过的已经消化掉在碌碌的日子里了。希望后边儿再得到起码"四颗"，而又明知着实的太贪心了。只那意味着十二年的"一颗"，老朋友孔乙己似乎都不太舍得超前"预支"给我。

人在第四次本命年中，皆有怅然若失之感。元旦前的某一天，妻下班回来，颇神秘地对我说："猜猜我给你带回了什么？"猜了几猜，没猜到。妻从挎包掏出一条红腰带塞在我手心。我问："买的？"妻说："我单位一位女同事不是向你要过一本签名的书吗？人家特意为你做的。她大你两岁，送你红腰带，是祈祝你牛年万事遂心如意，一切烦恼忧愁统统'姐'开的意思……"听了妻的话，瞧着手里做得针脚儿很细的红腰带，不禁地忆起二十四岁那一年：另一位女性送给我的另一条红腰带……

小时候，家里孩子多，又穷，母亲终日为生计操劳，没心思想到哪一年是自己哪一个儿女的本命年，我头脑中也就根本没有什么本命年的意识，更没系过什么红腰带。

二十四岁的我当然已经下乡了，是黑龙江生产建设兵团一师一团七连的小学教师。七连原属二团，在我记忆中，那一年是合并到一团的第二年，原先的二团团部变成了营部。小学校放寒假了，全营的小学教师集中在营部举办教学提高班。

几天后的一个傍晚，我去水房打水，有位女教师也跟在我身后进入了水房。

她在一旁望着我接水，忽然低声问："梁老师，你今年二十四岁对不对？"

我说："对。"

她紧接着又问："那么你属牛啰？"

我说："不错。"

她说："那么我送你一条红腰带吧！"——说着，已将一个手绢儿包塞入我兜里。

我和她以前不认识，只知她是一名上海知青。一时有点儿疑惑，水瓶满了也未关龙头，怔怔地望着她。

她一笑，替我关了龙头，虔诚地解释："去年是我的本命年。这条红腰带是去年别人送给我的。送我的人嘱咐我，来年要送给比我年龄小的人，使接受它的人能'姐'开一切烦恼忧愁。这都一月份了，提高班就你一个人比我年龄小，所以我只能送给你。再不从我手中送出，我就太辜负去年把它送给我那个人的一片真心了啊！"

见我仍怔愣着，她又嘱咐我："希望你来年把它转送给一个女的。让'姐'开这一种善良的祈祝，也能带给别人好运。这事儿可千万别传呀！传开了，一旦有人汇报，领导当成回事儿，非进行批判不可……"

又有人打水。我只得信赖地朝她点点头，心怀着种温馨离开了水房。

那条红腰带不一般。一手掌宽，四余尺长，两面儿补了许多块补丁，当然都是红补丁。有的补丁新，有的补丁旧。有的大点儿，有的小点儿。最小的一块补丁，才衣扣儿似的。但不论新旧大小，都补的那么认真仔细，那么的结实。我偷偷数了一次，竟二十几块之多。与所有的补丁相比，它显露不多的本色是太旧了。那已经不能被算作红色了。客观地说，接近着茄色了。并且，有些油亮了。分明的，在我之前，不知多少人系过它了。但我心里却一点儿也未嫌弃它。从那一天起，我便将它当皮带用着了……

它上边的二十几块补丁，引起了我越来越大的好奇心。我一直想向那一名上海女知青问个明白，可是她却不再主动和我接触了。在提高班的后几天我见不着她了。别人告诉我她请假回上海探家了。

一个月后我收到了她从上海川沙县（1992年已撤销）寄给我的一封信。信中说她不再回兵团了，已经转到川沙县（1992年已撤销）农村插队了，也不再当小学老师了。

"我想，"她在信中写道，"你一定对那条红腰带产生了许多困惑。去年别人将它送给我时，我心中产生的困惑绝不比你少。于是我就问送给我的人。可是她什么也不知道，说不清。于是我又问送给她的人。那人也不知道，也说不清。我一个人接一个人地追问下去，终于有一个人告诉了我一些关于它的情况。现在，我把我所知道的告诉你——一九四八年，在东北解放战场上，有一名部队的女卫生员，将它送给了一名伤员。那一年是他的本命年。后来女卫生员牺牲了。他在第二年将它送给了他的新婚妻子。一九四九年是她的本命年。以后她又将它送给了她的弟弟。他隔年将它送给了他大学里的年轻的女教师。到了一九五九年，它便在一位中年母亲手里了。她的女儿赴新疆支边。那一年是女儿的本命年。女儿临行前，当母亲的，亲自将它系在女儿腰间了。一九六八年，它不知怎么一来，就从新疆到了北大荒。据说是一位姐姐从新疆寄给亲弟弟的。也有人说不是姐姐寄给亲弟弟的，而是一位姑娘寄给自己第一个恋人的……关于它，我就追问到了这么多。我给你写此信，主要是怕你忘了我把它送给你时嘱咐你的话——来年你一定要转送给一位女性。还要告诉她，她结束了她的本命年后，一定要送给比她年龄小的男性。只有这样，才能使'姐'开人烦恼忧愁的祈祝一直延续下去……"

她的信，使二十四岁的我，非常之珍视系在我腰间的红腰带了。

我回信向她保证，我一定遵照她的嘱咐做。我甚至开始暗中调查，在我们连的女知青中，来年是谁的本命年……

但是不久我调到了团里。

第二年元旦后，我将它送给了团组织股的一名女干事。她是天津知青。

当天晚上她约我谈心。

她非常严肃地问我："你送我一条红腰带是什么意思呢？你应该明白，你是初中知青，我是高中知青。咱俩谈恋爱年龄不合适。而且，我已经有男朋友了……"

我说："你误解了。这事儿没那么复杂。今年是你本命年，所以我才送给你。按年龄我该叫你姐，我送给你，是'弟'给你好运的意思啊！"

她说："那这也是一种迷信哪！"我说："就算是迷信吧。可迷信和迷信有所不同，不能一概而论的。""迷信和迷信会有什么不同？"她又严肃地板起了脸。我思想上早有准备，便取出特意带在身上的那封信给她看。待她看完，我问："现在你如果还不愿接受，就还给我吧！"她默默地还给了我——还的当然不是红腰带，而是那封信。我见她眼里汪着泪了……在我二十四岁那一年，心中的烦恼和忧愁，并不比二十二岁二十三岁时少，可以说还多起来了。我却总是这么安慰自己——也许我本该遭遇的烦恼和忧愁更多更多。幸运的红腰带肯定替我"姐"开了不少啊！……二十五岁那一年我离开兵团上大学去了。我曾在自己的一个本命年里，系过一条独一无二的红腰带。在我人生的这第四个本命年，妻的一位女同事，一位我没见过面的"姐"送给我的红腰带，使我忆起了几乎被彻底忘却的一桩往事。

不知当年那一条补着二十几块补丁的红腰带，是否由一位姐，又送给了某一个男人？是否又多了二十几块补丁？也许，它早就破旧得没法儿再补了，被扔掉了吧？

但我却宁肯相信，它仍系在某一个男人腰间。

想想吧，一条红布，一条补了许多许多补丁的红布，一条已很难再看到最初的红颜色的红布，由一些又一些在年龄上是"姐"的女人，虔诚地送给一些又一些男人，祈祝他们在自己的本命年里"姐"开一些烦恼忧愁，这份儿愿望有多么的美好啊！它某几年在亲人和亲爱者间转送着。某几年又超出了亲情和友情的范围，被转送到了一些素无交往的男人手里。如当年那位也当过小学教师的上海女知青在水房将它送给我一样。而再过几年，它可能又在亲人和亲爱者间转送着了。它的轮回，毫无功利色彩。仅只为了将"姐"开这一好意，一年年的延续下去。除了这一目的，再无任何别的目的了……

让"姐"开烦恼忧愁和"弟"给好运的善良祈祝，在更多男人和女人的本命年里带来温馨吧！

我当分房委员

这真是意想不到又无可奈何的事——我当上了我们中国儿童电影制片厂的分房委员会委员！

自一九八一年六月一日童影创建以来，整十五年内，仅进行过一次公房分配。当时在职人员少，房源相对宽余，分配也相对简单和容易。几乎凡提出申请要求的人，都分配到了大体上符合愿望的住房。不能说百分之百的满意，但可以说不满意者百分之一二而已。不满意的程度也绝不是怎样激烈的。令其他兄弟单位眼羡心慕。分配之后，竟有余房。

后来童影陆续调入了一批青年，于是只能将余下的公房分配给他们。调入者多了，余房少了，出现了两家合居一个单元的情况。结了婚总是会有小孩儿的，合居的不方便是不难想象的。我于一九八四年从北影调入童影时，厂里已无余房，只保留着两套招待所了。由于我的调入，厂里从此没了招待所。我实实在在地是一个受惠者。几乎所有两家合居一个单元的青年职工，都集中住在我的楼上。在他们的居住情况的比照之下，我这个实实在在的受惠者，内心里常感到惭愧和恓惶，住得一点儿也不心安理得。

望着一幢十八层的高楼日渐的拔地而起。我盼着分房工作早日进行、早日完毕的又喜悦又急迫的心情，是一点儿也不亚于别人的。别人将要解决的是实际的居住困难，我将要获得的是一种心理的解脱。别人的居住条件得以改善了，我不是从此便可以住得心安理得些了吗？并非所有的受惠者都能心安理得，我便是不能的一个。

十八层的高楼只有一半归属童影，另一半归属出资单位。建起它用了一年多的时间，分配它也用了快一年的时间。一半以上的申请者已经分定了房号，按了指印，经过了公证。由于某些特殊的情况，分配中断。没有分定房号，没按指印的人们，凝聚起一种较强烈的愿望——颠覆分配方案。因为只有这样，他们的要求才有可能获得满足。而分定了房号按了指印的人们，则本能地形成竭力维护原定方案的意志。因为只有这样，他们指日可待的切身利益，才不至于受到严重的影响。

我就是在这一种态势之下成为新增补的分房委员会委员的。因为我已经是一个受惠者了，此次未再提出任何要求。两方面的人们都寄希望于我能以较公正的态度参与公正分配。而我则诚惶诚恐再三推却。但有些时候，有些事，往往于人是完全身不由己的。最终我还是参与了。

我被通知开会的前一天彻夜难眠，第二天早晨我对妻说："看来，我们得预备往新楼搬家啊！"妻不禁"友邦惊诧"，说："那不太好吧？别人会怎么看待你呀？你刚进分房委员会，还是得注意点儿影响吧？"我说："我的职称是二级，应住三间。而我们现在事实上多住一间，超出标准。我又成了分房委员，不调到新楼的三间去，我在分房会议上就没有发言的资格嘛！"妻怔了片刻说："你不能坚决不当呀？"我说："的确不能啊，群众推选了，领导那么恳切地找我谈过话了，我坚决不起来啊！"妻又怔了片刻，说："我没意见。你觉得怎么着自己不别扭，就怎么决定吧！"

于是我参加第一次分房会时，首先表态，说如果房源仍然太紧张，我可以腾出现住房，调到适合二级专业职称的标准住房去。到会的全体分房委员们面面相觑。

于是有人困惑地说："晓声啊，这次分房不涉及你调不调的问题嘛，你此话从何说起呢？"

又有人说："新楼没建起来时，你都住了六七年了，现在新楼建起来了，人人都会得到改善，怎么能反而缩小你一个人的居住面积呢？"

还有人说："按照二级职称的住房标准，你无疑是超了十平方米。但若按照一级职称的住房标准，你就一平方米也不超了。大家也都知道不是在童影，在哪儿你都会是一级嘛。再说，多你调出的十平方米，少你调出的十平方米，是与大局无害也无益之事嘛。你就别做姿态了。"

真的，我看得出来，大家分明都以为我在作姿态。其实我不是作姿态。我是在无奈的情况之下，为使自己少一份儿尴尬。会后，有的委员扯住我悄问："哎，你是不是打算先正了自身，然后来个六亲不认，扮演什么监察委员的角色哇？"其实，我也根本没这想法。只不过觉得，若谁要参与对某一利益的公平分配，若某一利益对人们意味着是"最后的一块蛋糕"，谁自身首先必得经得起议论。否则，评说别人的时候，态度和话语，总是难免暧昧的。

几次会开过，我便时常在想我们的江总书记最近说过的一句话："领导干部要懂一点儿政治。"我非干部，更非领导，也从没产生过想当干部当领导的念头。但我以为，当一个国家由政治时期向经济时期过渡乃至进入经济时期以后，国内"政治"一词的内含，是否也包容着分配的原则和分配的艺术呢？"要懂一点儿政治"是否也意味着要懂一点儿分配的规律，以及由这一些规律所引发的个别的或普遍的社会心理现象呢？

分配似乎越来越意味着是"最后的一块蛋糕"是相当棘手的。社会情绪的大浮躁和社会心理的大动荡，相当主要的程度上盖源于此。于是政治家们所面临的一个当代的政治命题乃是——分配的政治。而在这种分配的政治之过程中，农民的利益，工人的利益，普通社会职员和中小知识分子的利益，是国家这一最具权威的分配主脑必须予以极大关注的，因为他们是组成社会基础公众的绝大多数。正如我们中国儿童电影制片厂的基本群众，是组成儿童电影制片厂这一单位实体的绝大多数。他们的利益考虑不周，关怀不够，一次分房就不能继续下去。农民的、工人的、普通社会职员和中小知识分子的利益考虑不周，关怀不够，一个国家的改革也就难以顺利进行下去。而这时，分配的政治，便很有可能由分配的矛盾，升级为政治性质的矛盾。

我的头脑中，由于时代的教化，"共产主义"的思想信仰，原是较根深蒂固的。据我想来，"共产主义"的分配原则似乎是最简单可行的，最容易体现公正的。我为国家尽职尽责，国家对我的个人利益进行一揽子的"包干"，似乎也不失为一种社会模式。当了一次分房委员，我感慨多多。终于彻底悟到：

一个村可以实行"共产主义"的分配原则。一个乡也可以。一个县，如果经济空前发达，物质极大丰富，同样可以的。但一个省还可以的吗？一个有近十三亿人口的大国，那就根本休想了。因为由于人口的众多，一揽子的"包干"便完全丧失了可操作性。

正如在我们童影的公房分配过程中——同样的四口之家，一家有一位八十多岁的老人，但户口不在北京；一家有一位六十多岁的母亲，但患心脏病；这一家的在厂职工是复转军干，国家有照顾性政策；那一家的父亲是已故老职工，需不需要对其家属给予相应的体恤和关怀？而一层单元只有一套，分给谁就公正？分给谁又不公正？

由此推广而论，新中国成立以来，我国实行的是长江以北有取暖费，长江以南则没有。仅仅以一条江为界，又有几分公正可言？寒流大雪，又什么时候也以一条长江为界过呢？地区工资津贴，某省三级，某省二级，往往是以一条公路一个火车站为界。我当年下乡的黑河地区，每月享受九元寒带地区津贴。但是三百里以外，则就一分全无。一进入冬季，两地却是同样的千里冰封，万里雪飘。足见即使在公有制下所体现的分配，也并非绝对合理。如今各种电暖设备进入长江以南千家万户，你有钱，买了用，你家里就暖和，倒也简单。而物价上涨的幅度，早已使区区九元的寒带工资津贴失去了实际意义。每月多那九元又怎样？少那九元又怎样……

如此一想，剩下的问题似乎是，当原有的分配这"一块蛋糕"的传统的"生日"之间的年限越来越长，当企望着获得到这种分配的人由一代变成了几代，将靠什么将人们从这个盘子周边吸引开去，而不是挥斥开去？

二者之间的区别是不言而喻的。将引发的不同的故事情节也是不言而喻的。前途更是不言而喻的……

地质局长和一顶帐篷

　　十五六年前，我曾改写过一部上下两集的电视剧本《荒原》，内容反映两名年轻的地质工作者艰苦的野外工作——它由中央电视台影视部直接组稿，形成初稿以后，请我再给"影视化"一下。导演叫黄群学，我的一位后来在广告拍摄方面很有成就的朋友。而女主角则是当年因主演了电视连续剧《外来妹》而深受电视观众喜爱的陈小艺。

　　《荒原》是在甘肃省境内拍摄的。

　　剧名既然叫《荒原》，所选当然是很荒凉的外景地。它的拍摄，得到了从地质部到甘肃省地质局的热情支持。

　　地质局长专程从某驻扎野外的地质队赶回兰州接见了摄制组的主创人员，亲切地对他们说："你们就把地质局当成自己的家吧！遇到什么困难，只管开口。地质局能直接帮助你们解决的，我们义不容辞。不能直接帮助你们解决的，我们一定替你们尽力协调，争取顺利和方便。"

　　这位地质局的局长，给摄制组的主创人员们留下了很深的印象。

导演黄群学在长途电话里向我大谈他们的好印象，而我忍不住问："简短点儿，概括一下，那局长究竟是一个怎样的人？"

导演说："真诚，一个真诚的人！特别注意细节的人。"

我在电话这一端笑了，说："你的话像剧本台词啊！一个人真诚不真诚，不能仅凭初步印象得出结论；一个人是否特别注意细节，那也要由具体的例子来证明。"

导演在电话那一端说，他们将需要向地质局租借的东西列了一份清单。那位局长当着他们的面让秘书立刻找出来，亲自过目。清单上所列的东西中，包括一台发报机、一套野外饮具、几身地质工作服、一盏马灯、地质劳动工具和一顶帐篷等。

局长边看边说："这些东西，都是我们地质局有的，完全可以无偿提供给同志们。省下点儿钱用在保证艺术质量方面，不是更好吗？为什么只列了一盏马灯呢？玻璃罩子的东西，一不小心就容易碰坏。一旦坏了，那不就得派人驱车赶回兰州再取一盏吗？耽误时间，分散精力，浪费汽油，还会影响你们的拍摄情绪，是不是呢，同志们？有备无患，我们为你们提供两盏马灯吧。再为你们无偿提供柴油。你们只不过是拍电影，不是真正的野外驻扎，无须多少柴油燃料，对吧？至于发报机，就不必借用一台真正能用的了吧？我们为你们提供一台报废的行不行？反正你们也不是真的用来发报，是吧同志们？能用的万一搞的不能用了，不是就造成不必要的损失了吗？现在已经是十一月份了，西部地区的野外很寒冷了。你们还要在野外的夜间拍摄，一顶单帐篷不行。帐篷也可以无偿借给你们，但应该改为一顶棉帐篷。你们在野外拍摄时冷了，可以在棉帐篷里暖和暖和嘛……"

于是那位地质局的局长亲自动笔，将他认为应该无偿提供的东西，都一概批为无偿提供了。

一位在场的处长低声对局长说："后勤仓库里只剩一顶帐篷了，而且是崭新的，还没用过的。"那样子，分明是有点儿舍不得。

局长沉吟片刻，以决定的口吻说："崭新的帐篷那也要有人来开始用它，就让摄制组的同志们成为开始用它的人们吧！"

听了导演在电话那一端告诉的情况，我对甘肃省地质局的局长，也顿时心生出一片感激了。

之后，在整个野外拍摄过程中，那一顶由地质局长特批的崭新的棉帐篷，在西部地区的野外，确确实实起到了为摄制组遮挡寒冷保障温暖的不可替代的作用。

但也正是因为那一顶崭新的棉帐篷，导演黄群学受到了甘肃省地质局长的批评。而我，是间接受教育的人——剧中有一段很重要的情节，就是帐篷失火了，在夜里被烧成了一堆灰烬。制片人员的拍摄计划表考虑得很合理，安排那一场戏在最后一天夜里拍摄。拍毕，全组当夜返回兰州。

拍摄顺利，导演兴奋，全组愉快。

导演忍不住给局长拨通了电话，预报讯息。

不料局长一听就急了，在电话里断然地说："那一顶帐篷绝对不允许烧掉！我想一定还有另外的办法可以避免一顶只不过才用了半个多月的帐篷被一把火烧掉。"

导演说那是根本没有别的办法可想的事。因为帐篷失火那一场戏，如果不拍，全剧在情节上就没法成立了。导演还说："我们已经预留了一笔资金，足够补偿地质局一顶棉帐篷的损失。"局长却说："不是钱不钱的问题，是另外的办法究竟想过没想过的问题。"最后，局长紧急约见导演。导演赶回兰州前，又与在北京的我通了一次电话，发愁地说："如果就是不允许烧帐篷，那可怎么办？那可怎么办？"我说："我也没办法啊！那么现在你对他这个人有何感想了呀？"导演说："难以理解，说不定我此一去，就会因一顶帐篷和他闹僵了。反正帐篷是必须烧的，这一点我是没法不坚持到底的。"然而导演并没有和局长闹僵，他反而又一次被局长感动了。

局长对导演的态度依然真诚又亲切。在局长简陋的办公室里，局长说出了如下一番话："我相信你们已经预留了一笔资金，足够补偿地质局的一顶新帐篷被一把火烧掉的损失。此前我没看过剧本，替剧组预先考虑的不周到，使你们的拍摄遇到难题了，我向你们道歉。但是和你通话以后，我将剧本读了一遍。烧帐篷的情节不是发生在夜晚吗？既然是在夜晚，那么烧掉的究竟是一项什么样的帐篷，其实从电视里是看不出来的。为什么不可以用一顶旧帐篷代替一顶新帐篷呢？"

导演嘟哝："看不出来是看不出来，用一顶旧帐篷代替一顶新帐篷当然可以。但，临时上哪儿去找到一顶烧了也不至于令您心疼的旧帐篷呢？找到它需要多少天呢？我们剧组不能在野外干等着啊……"

局长说："放下你们的剧本，我就开始亲自打电话联系。现在，一顶一把火烧了也不至于让人心疼的帐篷已经找到了，就在离你们的外景地不远的一支地质队的仓库里。我嘱咐他们：将破了的地方尽快修补好，及时给你们摄制组送过去，保证不会耽误你们拍摄今天夜里的戏……"

这是导演没有料到的，他怔怔地望着地质局长，一时不知说什么好。局长又说出一番话："我们地质工作者的职业性质决定了我们不是物质产品的直接生产者。我们在野外工作时，所用一切东西，无一不是别人生产出来的。他们保障了我们从事野外工作的必备条件，直接改善了我们所经常面临的艰苦环境，这就使我们对于一切物质产品养成了特别珍惜的习惯。你们也可以想象，在野外，有时一根火柴，一节电池，一双鞋垫都是宝贵的。何况，我们是身在西部的地质工作者，西部的老百姓，太穷，太苦了啊！你们若烧掉一顶好端端的帐篷，跟直接烧钱有什么两样呢？那笔钱，等于是一户贫穷的西部人家一年的生活费还绰绰有余。这笔钱由你们节省下来了，不是可以在另一方面的社会经济活动中，起到更有意义和价值的作用吗？

"我们中国目前还是一个经济欠发达的国家。我们中国人应该长期树立这样的一种意识——物质之物一旦成了生产品，那就一定要物尽其用。不要轻易一把火把它烧掉了。而我们中国人做事情，尤其是做文化之事的时候，能省一笔钱那就一定要省一笔钱。

"中国的文化之事，理应启示我们中国人——对于中国，物质的浪费现象那无疑是罪过的……"

当导演后来在电话里将地质局长的话复述给我听时，远在北京的我，握着话筒，心生出种种的感慨。

感慨之一那就是——中国委实需要一大批像那一位地质局长一样的人民公仆。

而那位当年的地质局长，便是我们中国的前国家总理温家宝……

美是不可颠覆的

许多人认为，各个民族，在各个不同的历史阶段，或不同的时代，有不同的美的标准，以及美的观念，美的追求。

这一点基本上被证明是正确的。

于是进而有许多人认为，时代肯定有改变美的标准的强大力度。因而同样具有改变人之审美观及对美的追求的力度。这一点却是不正确的。事实上时代没有这种力度。事实上像蜜蜂在近七千年间一直以营造标准的六边形为巢一样，人类的心灵自从产生了感受美的意识以来，美的事物在人类的观念中，几乎从未被改变过。

我的意思是——无论任何一个民族，无论它在任何历史阶段或任何时代，它都根本不会陷入这样的误区——将美的事物判断为不美的，甚至丑的；或反过来，将丑的事物，判断为不丑的，甚至美的。

是的，可以毫无疑义地说，人类根本就不曾犯过如此荒唐的错误。此结论之可靠，如同任何一只海龟出生以后，根本就没有犯过朝与海洋相反的方向爬过去的错误一样。

就总体而言，人类心灵感受美的事物的优良倾向，或曰上帝所赋予的宝贵的本能，又仿佛镜子反射光线的物质性能一样永恒地延续着。只要镜子确实是镜子，只要光线一旦照耀到它。

果真如此吗？

有人或许将举到《聊斋志异》中那篇著名的小说《罗刹海市》进行辩论了。此篇的主人公马骥，商贾之子。"美丰姿，少倜傥，喜歌舞。"并且，"辄从梨园子弟，以锦帕缠头。美如好女，因复有'俊人'之号"。正是如此这般的一位"帅哥"，厌学而"从人浮海，为飘风引去，数昼夜至一都会"。于是便抵达了所谓的"罗刹岛国"。以马骥的眼看来，"其人皆奇丑"。而罗刹国人"见马至，以为妖，群哗而走"。

美和丑，在罗刹国内，标准确乎完全颠倒了。不但颠倒了，而且竟以颠倒了的美丑标准，划分人的社会等级。"其美之极者，为上卿；次任民社；下焉者，以邀贵人宠，故得鼎烹以养妻子"。也就是说，第三等人，如能有幸获得权贵的役纳，还是可以混到一份差事的。至于马骥所见到的那些"奇丑"者，竟因个个丑得不够，被逐出社会，于是形成了一个贱民部落。

丑得不够便是"美"得不达标，有碍观瞻。那么，"美之极者"们又是怎样的容貌呢，以被当地人视为"妖"的马骥的眼看来，不过个个面目狰狞罢了。

我敢断定，在中国的乃至世界的文学史中，《罗刹海市》大约是唯一的一篇以美丑之颠倒为思想心得的小说。

便是这一篇小说，也不但不是否定了我前边开篇立论的观点，而恰恰是补充了我的观点。

因为——被视为"妖"的马骥，一旦游戏之"以煤涂面"，竟也顿时"美"了起来，遂被引荐于大臣，引荐于宰相，引荐于王的宝殿前。而当"马即起舞，亦效白锦缠头，作靡靡之音"时——"王大悦"。不但大悦，且"即日拜下大夫。时与私宴，恩宠殊异"。以至于引起官僚们的忌妒，以至于自心忐忑不安，以至于明智地"上疏乞休致"。而王"不许"。"又告休沐，乃给三月假"。

分析一下王的心理，是非常有趣的。以被贱民们视为"妖"的马骥的容貌，社会等级该在贱民们之下。怎么仅仅以煤涂面，便"时与私宴，恩宠殊异"了呢？想必在王的眼里，美丑是另有标准的吧？

王是否也牛头马面呢？小说中只字未提。或是。那么在他的国里，以丑为美，以牛头马面，王官狰狞的为极美，自是理所当然的了。或者意非牛头马面，甚至不丑。那么可以猜测，在他的国里，美丑标准的颠倒，也许是出于统治的需要。是对他那一帮个个牛头马面的公卿大臣们的权威妥协也未可知。

但无论怎样的原因，在王的国里，美丑是一种被颠倒的标准；在王的眼里心里，美丑的标准未必不是正常的。他只不过装糊涂罢了。

否则，为什么他那么喜赏马骥之歌舞呢？为什么会情不自禁地赞曰"异哉！声如凤鸣龙啸，从未曾闻"呢？

王的"大悦"，盖因此耳！

结论：美可能在某一地方，某一时期，某一情况之下被局部地歪曲，但根本不可能被彻底否定。

如马骥，煤可黑其面，但其歌之美犹可征服王！

结论：美可在社会舆论的导向之下遭排斥，但它在人心里的尺度根本不可能被彻底颠覆。

如王，上殿可视一帮牛头马面而司空见惯；回宫可听恢诡噪耳之音而习以为常，但只要一闻骥的妙曼清唱，神不能不为之爽，心不能不为之畅，感观不能不达到享受的美境。

有人或许还会举到非洲土著部落的人们以对比强烈的色彩涂面为"美"；以圈圈银环箍颈乃至于颈长足尺为美，来指证美的客观标准的不可靠，以及美的主观标准的何等易变，何等荒唐，何等匪夷所思……

其实这一直是相当严重的误解。

在某些土著部落中，女性一般是不涂面的，少女尤其不涂面。被认为尚未成年的少年一般也不涂面，几乎一向只有成年男人才涂面，而又几乎一向是在即将投入战斗的前夕。少年一旦开始涂面，他就从此被视为战士了。成年人们一旦开始涂面，则意味着他势必又出生入死一番的严峻时刻到了。涂面实非萌发于爱美之心，乃战事的讯号，乃战士的身份标志，乃肩负责任和义务决一死战的意志的传达。

当然，在举行特殊的庆典时，女性甚至包括少女，往往也和男性们一样涂面狂欢。但那也与爱美之心无关，仅反映对某种仪式的虔诚。正如文明社会的男女在参加丧礼时佩戴黑纱和白花不是为了美观一样。至于以银环籐颈，实乃炫耀财富的方式。对于男人，女人是财富的理想载体。亘古如兹。颈长足尺，导致病态畸形，实乃炫耀的代价，而非追求美的结果。或者说主要不是由于追求美的结果。这与文明社会里的当代女子割双眼皮儿而不幸眼睑发炎落疤，隆胸丰乳而不幸硅中毒是不能同日而语的。

但中国历史上女子们的被迫缠足却是应该另当别论的。这的的确确是与美的话题相关的病态社会现象。严格说来，我觉得，这甚至应该被认为是桩极其重大的历史事件。此事件一经发生，其对中国女子美与不美的恶劣的负面影响，历时五代七八百年之久。以至于新中国成立以后，我这个年龄的中国人，还每每看见过小脚女人。

近当代的政治思想家们、社会学家们、民俗学家们，皆以他们的学者身份义愤疾恶如仇地对缠足现象进行过批判。

却很少听到或读到美学家们就此病态社会现象的深刻言论。

而我认为，这的确也是一个美学现象。的确也是一个中国美学思想史中应该予以评说的既严重又恶劣的事件。此事件所包含的涉及中国人审美意识和态度的内容是极其丰富的。

比如历史上中国男人对女人的审美意识和态度，女人们在这一点上对自身的审美意识和态度，一个缠足的大家闺秀与一个"天足"的农妇在此一点上意识和态度的区别，以及为什么？以及是她们的丈夫、父亲们的男人的意识和态度，以及是她们的母亲的女人的意识和态度，以及她们在嫁前相互比"美"莲足时的意识和心态，以及她们在婚后其实并不情愿被丈夫发现毫无"包装"的赤裸的蹄形小脚的畸怪真相的意识和心态，以及她们垂暮老矣之时，因畸足越来越行动不便情况之下的意识和心态……凡此种种，我认为，无不与男人对女人，女人对自身的审美意识和心态发生粘连紧密而又杂乱的思想关系，观念关系，畸形的性炫耀与畸形的性窥秘关系……

但是，让我们且住。这一切我们先都不要去管它。

让我们还是来回到我们思想的问题上——即一双女人的被摧残得筋骨畸形的所谓"莲足"，真的比一双女人的"天足"美吗？

无论男人还是女人，如果自身对美的感觉不发生错乱，回答显然会是否定的。

可怎么在中国这个文明古国，在占世界人口几分之一的人类成员中，在近千年的漫长历史中，集体地一直沉湎于对女性的美的错乱感觉呢？以至于到了清朝，梁启超及按察史黄遵宪曾联名在任职的当地发布公告劝止而不能止；以至于太平军克城踞县之后，罚劳役企图禁绝陋习而不能禁；以至于慈禧老太太从对江山社稷的忧患出发，下达懿旨劝禁也不能立竿见影；以至于身为直隶总督的袁世凯亲作"劝不缠足文"更是无济于事；以至于到了民国时期，则竟要靠罚款的方式来扼制蔓延了——"而得银日八九十万两，年三万万两"。足见在中国人的头脑中——钱是可以被罚的，女人的脚却是不能不缠的。"毒螯千年，波靡四域，肢体因而脆弱，民气以之凋残，几使天下有识者伤心，贻后世无穷之唾骂。"

这样的布告词，实不可不谓振聋发聩、痛心疾首。然无几个中国男人听得入耳，也无几个中国女人响应号召。爱捧小脚的中国男人依然故我。小脚的中国女人们依然感觉良好，并打定主意要把此种病态的良好感觉"传"给女儿们……

中国人倘曾以这样的狂热爱科学，争平等，促民主，那多好啊！不是说美的标准肯定是客观的而非主观的吗？不是说任何民族，在任何一个时代和任何一种情况之下，都根本不可能颠覆它吗？那中国近千年的缠足现象又该做何解释呢？首先，历史告诉我们——这现象始于帝王。皇上的个人喜好，哪怕是舐痂之癖，一旦由隐私而公开，则似乎便顿时具有了趣味的高贵性，意识的光荣性，等级的权威性。于是皇亲国戚们纷纷效仿；于是公卿大臣们趋之若鹜；于是巨商富贾紧步后尘——于是在整个权贵阶层蔚然成风……

在古代，权贵阶层的喜好，以及许多侧面的生活方式，一向是由很不怎么高贵的活载体播染向民间的。那就是——娼妓。先是名娼美妓才有资格，随即这种资格将被普遍的娼妓所瓜分。无论在古代的中国，还是在古埃及、古希腊、古罗马，规律大抵如此。

娼妓的喜好首先熏醉的必将是一部分被称之为文人的男人，这也几乎是一条世界性的规律。在古代，全世界的一部分被称之为文人的男人，往往皆是青楼常客，花街浪子。于是，由于他们的介入，由于他们也喜好起来，社会陋俗的现象，便必然地"文化"化了。

陋俗一旦"文化"化，力量就强大无比了。庶民百姓，或逆反权贵，或抵抗严律，但是在"文化"面前，往往只有举手乖乖投降的份儿。

康熙时代一人之下，万人之上，权倾朝野的鳌拜便是"金莲"崇拜者；乾隆皇帝本身即是；巨商胡雪岩也是；大诗人苏东坡是；才子唐伯虎是；作"不缠足文"的袁世凯阳奉阴违背地里更是……

《西厢记》中赞美"金莲"；《聊斋》中的赞美也不逊色；诗中"莲"、词中"莲"、美文中"莲"，乃至民歌童谣中亦"莲"；唱中"莲"、画中"莲"、书中"莲"，乃至字谜中"莲"、酒令中也"莲"……

更有甚者，南方北方，此地彼域，争相举办"赛莲"盛会——有权的以令倡导，有钱的出资赞助，公子王孙前往逐色，达官贵人光临览美，才子"采风"，文人作赋……

连农夫娶妻也要先知道女人脚大脚小，连儿童的憧憬中，也流露出对小脚美女的爱慕，连乡间也流传《十恨大脚歌》，连帝都也时可听到嘲讽"大脚女"的童谣……

在如此强大、如此全方位，"地毯式"的文化进击、文化轰炸，或曰文化"妙作"之下，何人对女性正常的审美意识和心态，又能定力极强，始终不变呢？何人又能自信，非是自己不正常，而是别人都变态了呢？即使被人认为主见甚深的李鸿章，也每因自己的母亲是"天足"老太而讳若隐私，更何况一般小民了……

结论：某一恶劣现象，可能在相当漫长的历史时期内畅行无阻，世代袭传，成为鄙陋遗风，迷乱人们心灵中的审美尺度。但却只能部分地扭曲之，而绝对不可能整体地颠覆之。正如缠足的习俗虽可在漫长的历史时期内将女人的脚改变为"莲"，却不可能以同样的方式扭曲任何一个具体的女人的身躯，而依然夸张地予以赞美。并且，迷乱人们心灵中的审美尺度的条件，一向总是伴随着王权（或礼教势力、宗法势力）的支持和恣意；伴随着颓废文化的推波助澜；伴随着富贵阶层糜烂的趣味；伴随着普遍民众的愚昧。还要给被扭曲的审美对象以一定的意识损失以补偿——比如相对于女人被摧残的双足而言，鼓励刻意心思，盛饰纤足，一袜一履，穷工极丽。尤以豪门女子、青楼女子、礼教世家女子为甚。用今天的说法，就是以外"包装"的精致，掩饰畸形的怪异真相。还要给被扭曲的审美对象以一定的精神满足，而这一点通常是最善于推波助澜的颓废文化胜任愉快的。

有了以上诸条件，鄙陋习俗对人们心灵中审美尺度的扭曲，便往往大功告成。

但，这一种扭曲，永远只能是部分的侵害。

世间一切美的事物，都具有极易受到侵害的一面。但也同时具有不可能被总体颠覆形象的基本素质。

比如戴安娜，媒介去年将她捧高得如爱心女神，今年又贬她为"不过一个毁誉参半的、行为不检点的女人"。但，却无法使她是一个有魅力的女人这一点受到彻底颠覆。

某些事物本身原本就是美的，那么无论怎样的习俗都不能使它们显得不美。正如无论怎样的习俗，都不能使尖头肿颈者在大多数世人眼里看来是美的。

美女绝非某一个男子眼里的美女，通常她必然几乎是一切男子眼里的美女。他人的贬评不能使她不美，但她自身的内在缺陷——比如嫉妒、虚荣、无知、贪婪，却足以使她外在的、人人公认的客观美点大打折扣。

美景绝非某一个世人眼里的美景，通常它必然几乎是一切世人眼里的美景。丑的也是。

视觉永远是敏感的，真实可靠的，比审美的观点、审美的思想更难以欺骗的。

美的不同种类是无穷尽的，丑的也将继续繁衍丑的现象，永远不会从地球上消亡干净。但我们人类的视觉永远不会将它们混淆，因为它们各有天生不可能被混淆的客观性。这客观性是我们人类的心灵与造物之间可能达成的一致性的前提和保证。

正是在这一前提和保证之下，对于古希腊人古埃及人是美的那些雕塑，是雄伟的那些建筑，对于今天的我们依然是美的。正是在这一前提和保证之下，我们所处的这个时代一切美的事物，假设能够通过"时间隧道"移至我们的远古祖先们面前，大约也必引起他们对于美的赏悦和好奇。正如几乎一切古代的工艺品，今天引起我们的赏悦和好奇一样……

美是大地脸庞上的笑靥。因此需要有眼睛，以便看到它；需要有情绪，以便感觉到它。

我们只能怀着虔诚感激造物赐我们以眼睛和心灵。以为自己便是这世界的中心便是上帝，以为我不存在一切的美亦消亡，以为世上原本没有客观的美丑之分，美丑盖由一己的好恶来界定——这一种想法既不但是狂妄自大的，也是可笑之极的。

我知道关于美究竟是客观的还是主观的这一哲学与美学之争至今可追溯到千年以前，但我坚定不移地接受前者的观点，相信美首先是客观的存在。

据我想来，道理是那么的简单——有许多美好的事物我没观赏到过，许多人都没观赏到过，但另外许多人可能正观赏着，可能正被那一种美感动着。

在我死掉以后，这世界上美的事物将依然美着。

时代和历史的演进改变着许多事物的性质，包括思想和观念。

但似乎唯有美的性质是不会改变的。改变的只是它的形式。它的性质不但是客观的，而且是永恒的。它的形式只能被摧毁。它的性质不能被颠覆。

正如一只美的瓶破碎了，我们必惋惜地指着说："它曾是一只多美的瓶啊！"

倘某一天人类消亡了——一只鸟儿在某一早晨睁开它的睡眼，阳光明媚，风微露莹，空气清新，花儿姹紫嫣红，草树深绿浅绿，那么它一定会开始悦耳地鸣叫吧？

它是否是在因自然的美而歌唱呢？

它望见草地上一只小鹿在活泼奔跃——那小鹿是否也是在因自然的美而愉快呢？

灵豚逐浪，巨鲸拍涛——谁敢断言它们那一时刻的激动，不是因为感受到了那一时刻大海的壮美呢？

美是不可颠覆的。

七千年后的蜜蜂仍在营造着七千年前那么标准的六边形。七千年前那些美的标准和尺度，剔除病态的、迷乱的部分——几乎仍在我们今天的生活中是标准和尺度……

一天的声音

一天的声音，确乎首先是从底层发出的。在农村自不必说了，黎明鸡啼，静夜犬吠，一天的过程中牛哞马嘶，或农机作响，都伴随着农民的起息劳作。除了他们的身影，除了那一些声音，农村也不太常见别人的身影，听见另外一些声音。

农民是大地的一部分，在城市里，一天的声音也首先是从底层发出的。"嚓、嚓、嚓……"这是今天我听到的第一种声音。斯时我虽然醒了，却懒得起来。我一向如此，醒得很早，起得较晚。也许是老的预兆吧？我扭头向窗子望去——在窗帘拉不严的地方，一条玻璃是蓝色的，如同用浸了蓝墨水的抹布擦过似的。于是我知道，大约五点钟了。其实，不必看窗子，仅听那"嚓嚓"声，我也能对时间做出挺准确的判断——春节前北京下了一场大雪，被铲到路边的积雪至今没化尽。而我家楼前那一条小街是早市，积雪占了摆摊人们的摊位。自那以后，几乎每天五点钟左右，都能听到"嚓嚓"的铲雪声……

如果是夏天，听到的便是小贩们的说话声。夏天他们常睡在路边，怕的是别人占住他们的摊位。他们最怕的是蹬着平板车来时，摊位却被别人抢先占去了。

有那嗓门儿大的，说话声就会搅了我们这些"城里人"的清梦。大多数人家都是仅仅一扇纱窗隔着楼里楼外，其声聒耳。何况，楼外的露宿者们还每每争吵嬉闹……

便会有贪早觉的男人或女人大喝一声："消停点儿，讨厌！"大抵是诸如此类的话。

渐渐的，说话声多了，终于，"早市"六点钟左右开始"营业"了。

首先穿过早市的，是骑着自行车身着校服的男女初中生，高中生。在冬季，六点钟左右，天刚刚亮。初中生高中生们，往往是他们的家里最先迈出家门的人。

一月里的一天，北京正处在寒冷之中。我由于失眠，偶尔起早了，站在窗前吸烟。我从窗帘拉不严的地方向外看，天还黑着呢，路灯还亮着呢，大风从对面山坡上的树梢啸过，其声如哨……

我竟看见一个骑自行车的身影从街上来去。那身影很单薄，哽着风，猫着腰，缩着头，蹬得吃力的样子。我看出那是一名女学生，她一手扶把，一手拿着什么，边骑边吃。

她从我视线里消失之后不一会儿，我又看见了一个像她那样吃力地蹬着自行车的身影——还是一名学生的身影，还是一名女学生的身影。

接着是第三个身影，第四个身影，都是初中生或高中生的身影……

风太大，那一天没摆摊的人。除了风声，外面也再没别的声音。学生们成了最早出现于小街的人，他们的身影悄悄而来，悄悄而去。连摆摊的人也可以因为风大不出门，学生们却不可以据同样的理由不去上学啊……

望着渐多起来的学生们的身影，我心一阵怅然。他们的书包看上去是特别的沉重。

我家的门发出了开关之声，我知道儿子也去上学了……

一般来说，从六点到九点多，是小街声音最嘈杂的时候。而八点多钟的小街，可用"人满为患"一词形容。那时小贩们的叫卖声最响亮，有的还手持话筒。他们不仅来自京郊，也来自中国的各个省份，能听到东西南北各种口音。他们似乎都在心照不宣地比赛他们的叫卖声，仿佛那直接显示着他们的生存本领，就像汽车的发动声直接显示汽车的性能……

车流照例堵塞在小街的街口，那时候。

如果只在小街上走，你会觉得人生其实是多么的单纯。各个摊位摆的大抵是吃的东西。菜蔬、粮食、鱼肉、水果以及早点等。少数摊位也摆穿的用的。穿的都很便宜，用的都是居家过日子的杂物……

望着街两旁的摊位，你会觉得，仅就"生活"二字而言，那早市满足一个人的需求已绰绰有余………

但是你若走到街口，去望那堵塞的车流，你往往会觉得眼乱心慌。仿佛人类的生活也堵塞在那儿了。十年前，那一条大马路上过往车辆并不多。后来车辆一天比一天多，最新款式的国产车和最高级的进口车全在那条大马路上亮相，缓缓前驶。两旁是骑自行车的人。车流中夹挤着出租车。各种车辆的尾气，使马路上空如罩青雾……

坐在那些车里的城市人，是有地位的高低之分的。这是与早市上的市民之间不言自明的区别。

汽车的喇叭声，小贩的叫卖声此起彼伏。后一种声音是城市的晨曲，前一种声音是城市的"主旋律"。坐在车里的某一个人，很可能决定着早市在街上的取消或存在，很可能决定着股市风云，也很可能决定着早市上某些人的命运……

到了中午，小街上彻底安静下来了。只有承包了那一条小街卫生状况的外地民工，持帚清扫着早市垃圾……那一种安静一直维持到傍晚。傍晚大马路上的车流又堵塞了。傍晚学生们的身影络绎出现在小街上。互相不太说话，也很少有结伴而驶的，都匆匆地往家里骑……

到了晚上九点多钟，一辆辆小车开入小街里来了。小街的街头，有一家歌厅。那一辆辆小车是奔歌厅来的。在夏季，歌厅传出的打击乐，小街另一头的人也听得到。

十点多钟，小车泊满了小街两侧……我家楼前小街的一天，也就开始向第二天过渡了……倘第二天无风，无雨，无雪；倘抑或有，并不多么大，那一天的起初的声音，依

然是摆摊的人们所带动起来的。底层的声音，是直接为了
生存而发出的声音。也是，最容易被其他声音压住的声音。
一天由底层的声音开始，由歌厅里传出的打击乐结束。在
我家楼前那条小街上，一天又一天，几乎天天如此……

选择的困惑

某次，与林非先生共同参加一次文学颁奖活动，我就坐在他的旁边。确切地说，那是一次中学生作文赛的颁奖活动，台下是来自全国许多省份的获奖中学生。他们胜出的比例是一比一百多。我在表示祝贺时说，他们实在是有理由感到骄傲的。作文与文学创作当然是不同的。但我认为，经过数道评委们的筛选，以一比一百多的比例胜出了的优秀作文，是完全可以用看待文学作品的眼光来看待的。

回答问题是免不了的。同学们有的向我提问，有的向林非先生提问。林非先生是我所尊敬的文学界长者，然而我却是第一次见到他。

我留心到，林非先生在回答中学生们的问题时，第一句话总是这样说："这个问题，我不一定能够回答得好，但我争取给同学们一个满意的回答……"

其谦彬彬，其诚笃笃，令我肃然。并且，他的回答，言之成理，每次都确乎令同学们满意的。我相信，他的话对同学们是大有裨益的。活动结束以后，我挽着林先生往台下走时，情不自禁地对他说："我要向你学习。"林先生站住，看着我不解地问："向我学习什么呢？"我说："谦虚。以后我也要对我的学生们经常说——这个问题我不一定能够回答得好……"林先生连道："是啊，是啊，太复杂了。所以回答好一个关于文学的问题，即使是由中学生提出来的，实在不是一件容易的事情了。"他沉吟片刻，又说："我们头脑之中以前认为肯定正确的文学理念，现在又剩下了多少呢？还能自信到什么程度呢？"我默然，深思……后来，无论在课堂上回答我的学生们的问题时，还是在指导我的学生们的论文时，我偶尔开始这么说了："这个问题我不一定能够回答得好……"有时还要加上一句："这个问题我的看法也不一定是对的……"

然而我发现——在我这儿，谦虚的效果并不那么好。因为，我的学生们希望听到的是我的自信的回答。毕竟，我与文学发生的亲密关系，比他们要长久得多；我读的书，也比他们要多得多；我头脑里每每思考不止的关于文学的理念，还要比他们多。我较善于将诸种关于文学的现象，置于中外文学史的宏大背景之下来进行考量；而那史，对于他们，往往只不过是书本上的概述或年表……

我的学生们虽然也像大多数当代青年们一样个个无比自负，但他们内心里又都十分清楚，他们明白的终究还是太少了。倘我一味谦虚，连我应该肯定地回答的一些问题，都不做肯定的回答了，那么他们非但不会欣赏我的谦虚，反而会对我大失所望的。

由此我想到了另一个问题，即选择的困惑。

通常情况之下，我们在好的、不好的，甚或坏的三种答案间进行选择时，其实并非一件难事。这三种答案，大多数情况之下区别是显而易见的。难就难在，有时候我们所面临的选择不是三种，仅是两种，而且两种都是坏的。

在青少年面前自骄自大，俨然以"祖师爷"自居，或在他们面前无原则巴结，尽显奉迎取悦之能事，便都是坏的选择。如果一个人把自己弄到了在青少年面前只剩那么两种态度选择的地步，那么自己首先也就着实的可悲了。

反过来也难。比如林非先生的谦虚，无疑是长者的美德；而我有时候敢在青少年们面前大声说——你们肯定错了！你们要相信我一次，我的话是对的！这态度也是要的。

倘我变了，青少年们所能听到的，坚决不赞同他们的声音，只怕就更稀少了。倘我行我素，我在青少年们眼里，可能就渐变为一个自以为是，动辄一厢情愿地诲人不倦好为人师的讨厌之人了。谦虚的修养，我所欲也。"你们青少年肯定错了！"——这种成年人的话语权，我也还要坚决地保留。

正所谓鱼与熊掌，二者不可兼得，是以困惑。但目前，困惑期已经过去。因为在我写这篇小文时，终于自行地想通了——正确的话正因为它是正确的，所以最没有必要厉声厉色地来说。

"我不一定能够回答得好，让我尽量给你们一个满意的回答……"

对于我，学林先生那么谦意彬彬地对青少年们说话，是一种修养方面的进步。

"你们肯定是错了，而我是对的。因为我说出的不是我一个人的想法，而是通过我的嘴，将数千年来中外某些关于人类原则的思想成果告知给你们……"

如果我对自己的话无比自信，我也完全可以继续以我的语言方式与青少年，包括我的学生们沟通——只要不再以训人的方式。甚或，就是偶尔又训了，也不必太过自责。

中国之当代某些青少年，有时确乎也是需要有几分胆量的人训训才好的；训了而遭千万只狼崽子似的"围咬"，又何必害怕？

他们毕竟不真的是狼崽子，而是我们的孩子。无论已多么像狼崽子，归根结底，那错也首先错在我们大人。因为一个事实是明摆着的——某些关乎人性的伦理的人类荣耻观的底线，不是我们的孩子们突破瓦解了的。有据可查。查一查，恐怕我们成年人不得不承认——那首先是我们可耻地干下的事情。

底线已遭处处突破，人性的普世伦理已遭大面积的瓦解，是非界限表面看似乎混乱不清，我理解林非先生口中说出的"复杂"二字，大概是感慨于此吧？在这种情况之下，成年人与青少年交流、沟通、谦虚抑或相反，倒还在其次了。

更重要的是——我们要将一种人类文明发展至今显而

易见、不言而喻、毫无疑问的世事观点表述得较为正确，在我们的青少年们连对那样一些世事观点也质疑多多时，使他们信服他们所接受了的是正确的观点，这已经不是一件容易之事了。

我其实并不好为人师。

而我现在"不幸"已为人师。

更不幸的是——我对由自己口中说出的不管文学的、文化的还是世事的观点，真的是否正确，竟越来越缺乏自信了。

悲哉也夫！

想来，也只有开口之前，认真，再认真地思考思考了。

第三章

故事不长，
不过人间一趟

生活，一半烟火，一半清欢；人生，
一半清醒，一半释然。

孩子和雁

在北方广袤的大地上，三月像毛头毛脚的小伙子，行色匆匆地奔过去了。几乎没带走任何东西，也几乎没留下明显的足迹。北方的三月总是这样，仿佛是为躲避某种纠缠而来，仿佛是为摆脱被牵挂的情愫而去，仿佛故意不给人留下印象。这使人联想到徐志摩的诗句"我挥一挥衣袖，不带走一片云彩"。北方的三月，天空上一向没有干净的云彩；北方的三月，"衣袖"一挥，西南风逐着西北风。然而大地还是一派融冰残雪处处覆盖的肃杀景象……

现在，四月翩跹而至了。

与三月比起来，四月像一位低调处世的长姐。其实，北方的四月只不过是温情内敛的呀。她把她对大地那份内敛而又庄重的温情，预先储存在她所拥有的每一个日子里。当她的脚步似乎漫不经心地徜徉在北方的大地上，北方的大地就一处处苏醒了。大地嗅着她春意微微的气息，开始了它悄悄的一天比一天生机盎然的变化。天空上仿佛陈旧了整整一年的、三月不爱搭理的、吸灰棉团似的云彩，被四月的风一片一片地抚走了，也不知抚到哪里去了。四月吹送来了崭新的干净的云彩。那可能是四月从南方吹送来的云彩，白而且蓬软似的。又仿佛刚在南方清澈的泉水里洗过，连拧都不曾拧一下就那么松松散散地晾在北方的天空上了。

除了山的背阳面，别处的雪是都已经化尽了。凉沁沁亮汩汩的雪水，一汪汪地渗到泥土中去了。河流彻底地解冻了。小草从泥土中钻出来了。柳枝由脆变柔了。树梢变绿了。还有，一队一队的雁，朝飞夕栖，也在四月里不倦地从南方飞回北方来了……

在北方的这一处大地上有一条河，每年的春季都在它折了一个直角弯的地方溢出河床，漫向两岸的草野。于是那河的两岸，在四月里形成了近乎水乡泽国的一景。那儿是北归的雁群喜欢落宿的地方。

离那条河二三里远，有个村子，是普通人家的日子都过得很穷的村子。其中最穷的人家有一个孩子，那孩子特别聪明，那特别聪明的孩子特别爱上学。

他从六七岁起就经常到河边钓鱼。他十四岁那一年，也就是初二的时候，有一天爸爸妈妈又愁又无奈地告诉他，因为家里穷，不能供他继续上学了……

这孩子就也愁起来。他委屈。委屈而又不知该向谁去诉说。于是一个人到他经常去的地方，也就是那条河边去哭。不只大人们愁了委屈了如此，孩子也往往如此。聪明

的孩子和刚强的大人一样，只在别人不常去而又似乎仅属
于自己的地方独自落泪。

那正是四月里某一天的傍晚。孩子哭着哭着，被一队
雁自晚空徐徐滑翔下来的优美情形吸引住了目光。他想他
还不如一只雁，小雁不必上学，不是也可以长成一只双翅
丰满的大雁吗？他甚至想，他还不如死了的好……

当然，这聪明的孩子没轻生。他回到家里后，对爸爸
妈妈郑重地宣布：他还是要上学读书，争取将来做一个有
知识有文化的人。爸爸妈妈就责备他不懂事，而他又说：
"我的学费，我要自己解决。"爸爸妈妈认为他在说赌气
话，并不把他的话放在心上。但那一年，他却真的继续上
学了。而且，学费也真的是自己解决的。也是从那一年开
始，最近的一座县城里的某些餐馆，菜单上出现了"雁"
字。不是徒有其名的一道菜，而的的确确是雁肉在后厨的
肉案上被切被剁，被炸被烹……雁都是那孩子提供的。后
来《野生动物保护法》宣传到那座县城里了，唯利是图的
餐馆的菜单上，不敢公然出现"雁"字了。但狡猾的店主
每回悄问顾客："想换换口味儿吗？要是想，我这儿可有
雁肉。"倘若顾客反感，板起脸来加以指责，店主就嘻嘻
一笑，说开句玩笑嘛，何必当真！倘若顾客闻言眉飞色舞，
显出一脸馋相，便有新鲜的或冷冻的雁肉，又在后厨的肉
案上被切被剁。四五月间可以吃到新鲜的，以后则只能吃
到冷冻的了……

雁仍是那孩子提供的。斯时那孩子已经考上了县里的

重点高中。他在与餐馆老板们私下交易的过程中，学会了一些他认为对他来说很必要的狡猾。

他的父母当然知道他是靠什么解决自己的学费的。他们曾私下里担心地告诫他："儿呀，那是违法的啊！"他却说："违法的事多了。我是一名优秀学生，为解决自己的学费每年春秋两季逮几只雁卖，法律就是追究起来，也会网开一面的。""但大雁不是家养的鸡鸭鹅，是天地间的灵禽，儿子你做的事罪过呀！""那叫我怎么办呢？我已经读到高中了。我相信我一定能考上大学，难道现在我该退学吗？"见父母被问得哑口无言，又说："我也知道我做的事不对，但以后我会以我的方式赎罪的。"

那些与他进行过交易的餐馆老板们，曾千方百计地企图从他嘴里套出"绝招"——他是如何能逮住雁的？"你没枪。再说你送来的雁都是活的，从没有一只带枪伤的。所以你不是用枪打的，这是明摆着的事儿吧？""是明摆着的事儿。""对雁这东西，我也知道一点儿。如果它们在什么地方被枪打过了，哪怕一只也没死伤，那么它们第二年也不会落在同一个地方了，对不？""对。""何况，别说你没枪，全县谁家都没枪啊。但凡算支枪，都被收缴了。哪儿一响枪声，其后公安机关肯定详细调查。看来用枪打这种念头，也只能是想想罢了。""不错，只能是想想罢了。""那么用网罩行不行？""不行。雁多灵警啊。不等人张着网挨近它们，它们早飞了。""下绳套呢？""绳粗了雁就发现了。雁的眼很尖。绳细了，即使套住了它，它也能用嘴把绳啄断。""那就下铁夹子！""雁喜欢落在水里，铁夹子怎么设呢？碰巧夹住一只，一只惊一群，你也别打算以后再逮住雁了。""照你这么说就没法子了？""怎么没法子，我不是每年没断了送雁给你吗？"

"就是呀。讲讲，你用的是什么法子？"

"不讲。讲了怕被你学去。"

"咱们索性再做一种交易。告诉我给你五百元钱。"

"不。"

"那……一千！一千还打不动你的心吗？"

"打不动。"

"你自己说个数！"

"谁给我多少钱我也不告诉。如果我为钱告诉了贪心的人，那我不是更罪过了吗？"

他的父母也纳闷地问过，他照例不说。

后来，他自然顺利地考上了大学。而且第一志愿就被录取了——农业大学野生禽类研究专业。是他如愿以偿的专业。

再后来，他大学毕业了，没有理想的对口单位可去，便"下海从商"了。他是中国最早"下海从商"的一批大学毕业生之一。

如今，他带着他凭聪明和机遇赚得的五十三万元回到了家乡。他投资改造了那条河流，使河水在北归的雁群长久以来习惯了中途栖息的地方形成一片面积不小的人工湖。不，对北归的雁群来说，那儿已经不是它们中途栖息的地方了，而是它们乐于度夏的一处环境美好的家园了。

他在那地方立了一座碑——碑上刻的字告诉世人，从初中到高中的五年里，他为了上学，共逮住过五十三只雁，都卖给县城的餐馆被人吃掉了。

他还在那地方建了一幢木结构的简陋的"雁馆"，介绍雁的种类、习性、"集体观念"等等一切关于雁的趣事和知识。在"雁馆"不怎么显眼的地方，摆着几只用铁丝编成的漏斗形状的东西。

如今，那儿已成了一处景点。去赏雁的人渐多。

每当有人参观"雁馆"，最后他总会将人们引到那几只铁丝编成的漏斗形状的东西前，并且怀着几分罪过感坦率地告诉人们，他当年就是用那几种东西逮雁的。他说，他当年观察到，雁和别的野禽有些不同。大多数野禽，降落以后，翅膀还要张开着片刻才缓缓收拢。雁却不是那样。雁双掌降落和翅膀收拢，几乎是同时的。结果，雁的身体就很容易整个儿落入经过伪装的铁丝"漏斗"里。因为没有什么伤痛感，所以中计的雁一般不至于惶扑，雁群也不会受惊。飞了一天精疲力竭的雁，往往将头朝翅下一插，怀着几分奇怪大意地睡去。但它第二天可就伸展不开翅膀了，只能被雁群忽视地遗弃，继而乖乖就擒……之后，他又总会这么补充一句："我希望人的聪明，尤其一个孩子的聪明，不再被贫穷逼得朝这方面发展。"那时，人们望着他的目光里，便都有着宽恕了……在四月或十月，在清晨或傍晚，在北方大地上这处景色苍野透着旖旎的地方，常有同一个身影久久伫立于天地之间，仰望长空，看雁队飞来翔去，听雁鸣阵阵入耳，并情不自禁地吟他所喜欢的两句诗："风翻白浪花千片，雁点青天字一行。"

便是当年那个孩子了。

人们都传说——他将会一辈子驻守那地方的……

我的梦想

当然，我和一切别人们一样，从小到大，是有过多种梦想的。

童年时的梦想是关于"家"，具体说是关于房子的。自幼生活在很小，又很低矮，半截窗子陷于地下，窗玻璃破碎得没法儿擦，又穷得连块玻璃都舍不得花钱换的家里，梦想有一天住上好房子是多么地符合一个孩子的心思呢？那家冬天透风，夏天漏雨，没有一面墙是白色的。因为那墙是酥得根本无法粉刷的，就像最酥的点心似的，微小的震动都会从墙上落土纷纷。也没有地板，甚至不是砖地，不是水泥地，几乎和外面一样的土地。下雨天，自家人和别人将外边的泥泞随脚带入屋里，屋里也就泥泞一片了。自幼爱清洁的我看不过眼去，便用铲煤灰的小铲子铲。而母亲却总是从旁训我："别铲啦！再铲屋里就成井了！"——确实，年复一年，屋地被我铲得比外面低了一尺多。以至于有生人来家里，母亲总要迎在门口提醒："当心，慢落脚，别摔着！"

哈尔滨当年有不少独门独院的苏式房屋，院子一般都被整齐的栅栏围着。小时候的我，常伏在栅栏上，透过别人家的窗子，望着别人家的大人孩子活动来活动去的身影，每每望得发呆，心驰神往，仿佛别人家里的某一个孩子便是自己……

因为父亲是新中国成立后的第一代建筑工人，所以我常做这样的梦——忽一日父亲率领他的工友们，一支庞大的建筑队，从大西北浩浩荡荡地回来了。父亲们以只争朝夕的精神，开推土机推平了我们那一条脏街，接着盖起了一片新房，我家和脏街上的别人家，于是都兴高采烈地搬入新房住了。小时候的梦想是比较现实的，绝不敢企盼父亲们为脏街上的人家盖起独门独院的苏式房。梦境中所呈现的也不过就是一排排简易平房而已。八十年代初，六十多岁胡子花白了的父亲，从四川退休回到了家乡。已届不惑之年的我才终于大梦初醒，意识到凡三十年间寄托于父亲身上的梦想是多么的孩子气。并且着实地困惑——一种分明孩子气的梦想，怎么竟可能纠缠了我三十几年。这种长久的梦想，曾屡屡地出现在我的小说中。以至于有评论家和我的同行曾发表文章对我大加嘲讽：

"房子问题居然也进入了文学，真是中国文学的悲哀和堕落！"

我也平庸，本没梦想过成为作家的。也没经可敬的作家耳提面命地教导过我，究竟什么内容配进入文学而什么内容不配。已经被我很罪过地搞进文学去了，弄得文学二字低俗了，我也就只有向文学谢罪了！

但，一个人童年时的梦想，被他写进了小说，即使是梦，毕竟也不属于大罪吧？

现在，哈尔滨市的几条脏街已被铲平。我家和许多别人家的子女一代，都住进了楼房。遗憾的是我的父亲没活到这一天，那几条脏街上的老父亲老母亲们也都没活到这一天。父亲这位新中国第一代建筑工人，凡三十年间，其实内心里也有一个梦想，那就是——动迁。我童年时的梦想寄托在他身上，而他的梦想寄托于国家的发展步伐的速度。

有些梦想，是靠人自己的努力完全可以实现的，而有些则完全不能实现，只能寄托于时代的国家的发展步伐的速度。对于大多数人，尤其是这样。比如家电工业发展的速度加快了，大多数中国人拥有电视机和冰箱的愿望，就不再是什么梦想。比如中国目前商品房的价格居高不下，对于大多数中国工薪阶层，买商品房依然属梦想。

少年时，有另一种梦想楔入了我的头脑——那就是当兵，而且是当骑兵。为什么偏偏是当骑兵呢？因为喜欢战马。也因为在电影里，骑兵的作战场面是最雄武的，动感最强的。具体一名骑在战马上，挥舞战刀，呐喊着冲锋陷阵的骑兵，也是最能体现出兵的英姿的。

头脑中一旦楔入了当兵的梦想，自然而然地，也便常常联想到了牺牲。似乎不畏牺牲，但是很怕牺牲得不够英勇。牺牲得很英勇又如何呢？——那就可以葬在一棵大松树下。战友们会在埋自己的深坑前肃立，脱帽，悲痛落泪。甚至，会对空放排枪……

进而联想——多少年后，有当年最亲密的战友前来自己墓前凭吊，一往情深地说："班长，我看你来了……"

显然，是因受当年革命电影中英雄主义片段的影响才会产生这种梦想。

由少年而青年，这种梦想的内容随之丰富。还没爱过呢，千万别一上战场就牺牲了！于是关于自己是一名兵的梦想中，穿插进了和一位爱兵的姑娘的恋情。她的模样，始终像电影中的刘三姐，也像茹志鹃精美的短篇小说中那个小媳妇。我——她的兵哥哥，胸前渗出一片鲜血，将死未死，奄奄一息，上身倒在她温软的怀抱中。而她的泪，顺腮淌下，滴在我脸上。她还要悲声为我唱歌儿。都快死了，自然不想听什么英雄的歌儿。要听忧伤的民间小调儿，一吟三叹的那一种。还有，最后的，深深的一吻也是绝不可以取消的。既是诀别之吻，也当是初吻。牺牲前央求了多少次也不肯给予的一吻。二口久吻之际，头一歪，就那么死了——不幸中掺点儿浪漫，掺点儿幸福……

当兵的梦想其实在头脑中并没保持太久。因为经历的几次入伍体检，都因不合格而被取消了资格。还因后来从书籍中接受了和平主义的思想。于是祈祷世界上最好是再也不发生战争，祈祷全人类涌现的战斗英雄越少越好。当然，如果未来世界上又发生了法西斯战争，如果兵源需要，我还是很愿意穿上军装当一次为反法西斯而战的老兵的……

在北影住筒子楼内的一间房时，梦想早一天搬入单元楼。

如今这梦想实现了，头脑中不再有关于房子的任何梦想。真的，我怎么就从来也没梦想过住一幢别墅呢？因为从小在很差的房子里住过，思想方法又实际惯了，所以对一切物质条件的要求起点就都不太高了。我家至今没装修过，两个房间还是水泥地。想想小时候家里的土地，让我受了多少累啊！再望望眼前脚下光光滑滑的水泥地，就觉得也挺好……

现在，经常交替产生于头脑中的，只有两种梦想了。

这第一种梦想是，希望能在儿子上大学后，搬到郊区农村去住。可少许多滋扰，免许多应酬，集中更多的时间和精力读书与写作。最想系统读的是史，中国的和西方的，从文学发展史到社会发展史。还想写荒诞的长篇小说，还想写很优美的童话给孩子们看。还想练书法，梦想某一天我的书法也能在字画店里标价出售。不一定非是"荣宝斋"那么显赫的字画店，能在北京官园的字画摊儿上出售就满足了。只要有人肯买，三百元二百元一幅，一手钱一手货，拿去就是。五十元一幅，也行。给点儿就行。当然得雇个人替我守摊儿，卖的钱结算下来，每月够给人家发工资就行。生意若好，我会经常给人家涨工资的。自己有空儿，也愿去守守摊儿，侃侃价。甚而，"老王卖瓜，自卖自夸"

几句也无妨。比如，长叹一声，自言自语道："偌大北京，竟无一人识梁晓声的字的吗？"——逗别人开心的同时，自己也开心，岂非一小快活？

住到郊区去，有三四间房，小小一个规整的院落就是可以的。但周围的自然环境却要好。应是那种抬头可望山，出门即临河的环境。山当然不能是人见了人愁的秃山，须有林覆之。河呢，当然不能是一条污染了的河。至于河里有没有鱼虾，倒是不怎么考虑的。因为院门前，一口水塘是不能没有的。塘里自己养着鱼虾呢！游着的几十只鸭鹅，当然都该姓梁。此外还要养些鸡。炒着吃还是以鸡蛋为佳。还要养一对兔。兔养了是不杀生的，允许它们在院子的一个角落刨洞，自由自在地生儿育女。纯粹为看着喜欢，养着玩儿。还得养一条大狗。不要狼狗，而要那种傻头傻脑的大个儿柴狗。只要见了形迹可疑的生人知道吠两声向主人报个讯儿就行。还得养一头驴。配一架刷了油的木结构的胶轮驴车。县集八成便在十里以外，心血来潮，阳光明媚的好日子，亲自赶了驴车去集上买东西。驴子当然是去过几次就识路了的，以后再去也就不必管它了。自己尽可以躺在驴车上两眼半睁半闭地哼歌儿，任由它蹄儿得得地沿路自己前行就是……当然并不每天都去赶集，那驴子不是闲着的时候多？养它可不是为了看着喜欢养着玩儿，它不是兔儿，是牲口，不能让它变得太懒了。一早一晚也可骑着它四处逛逛。不是驴是匹马，骑着逛就不好了，那样子多脱离农民群众呢？

倘农民见了，定会笑话于我："瞧这城里搬来的作家，骑驴兜风儿，真逗！"——能博农民们一笑，挺好。农民们的孩子自然是会好奇地围上来的，当然也允许孩子们骑。听我话的孩子，奖励多骑几圈儿。我是知青时当过小学老师，喜欢和孩子们打成一片……

还要养一只奶羊。身体一直不好，需要滋补。妻子、儿子、母亲，都不习惯喝奶。一只奶羊产的奶，我一个人喝，足够了。羊可由村里的孩子们代为饲养，而我的小笔稿费，经常不断的，应用以资助他们好好读书。此种资助方式的可取之处是——他们幼小的心灵中，完全不必念我的什么恩德，能认为是自己的劳动所得，谁也不欠谁什么，最好。

倘那时，记者们还有不辞路远辛苦而前来采访的，尽管驱车前来。同行中还有看得起，愿保持交往的，我也欢迎。不论刮风下雨下雪，自当骑驴于三五里外恭候路边，敬导之……

"老婆，杀鸡！"

"儿子，拿抄子，去水塘网几条鱼！"

如此这般地大声吩咐时，那多来派！

至于我自己，陪客人们山上眺眺，河边坐坐，陪客人们踏野趣，为客人们拍照留念。

将此梦想变为现实，经济方面还是不乏能力的。自觉思考成熟了，某日晚饭后，遂向妻子、儿子、老母亲和盘托出。却不料首先遭到老母亲的反对。"我不去。要去你自己去！"老母亲的态度异常坚决。我说："妈，去吧去吧，农村空气多好哇！"老母亲说："我一个八十多岁的老太太，需要多少好空气？我看，只要你戒了烟，前后窗开着对流，家里的空气就挺好。"我说："跟我去吧！咱们还要养头驴，还要配套车呢！我一有空儿就赶驴车拉您四处兜风儿！"

老母亲一撇嘴："我从小儿在农村长大，马车都坐得够够的了，才不稀罕坐你的驴车呢！人家的儿女，买汽车让老爸老妈坐着过瘾，你倒好，打算弄辆驴车对付我！这算什么出息？再者，你们这叫什么地方，叫太平庄不是吗？哈尔滨虽够不上大城市的等级，但那叫市！你把我从一个市接来在一个庄，现在又要把我从一个庄弄到一个村去，你这儿子安的什么心？"

我说："妈呀！那您老认为住哪儿才算住在北京了呢？你总不至于想住到天安门城楼上去吧？"

老母亲说："我是孩子吗？会那么不懂事儿吗？除了天安门，就没更代表北京的地方了吗？比如'燕莎'，那儿吧！要是能住在那儿的哪一幢高楼里，到了晚上，趴窗看红红绿绿的灯，不好吗？"

我说："好，当然是好的。您怎么知道北京有个'燕莎'呢？"老母亲说："从电视里呗！"我说："妈，您知道'燕莎'那儿的房价多贵吗？一平方米就得一万多！"她说："明知道你在那儿是买不起一套房子的，所以我也就是梦想梦想呗！怎么，不许？"我说："妈，不是许不许的问题，而是……实事求是地说……您的思想怎么变得很资产阶级了啊？"老母亲生气了，瞪着我道："我资产阶级？我看你才满脑袋资产阶级呢！现在，资产阶级已经变成你这样式儿的了！现在的资产阶级，开始从城市占领到农村去了！你仗着自己有点儿稿费收入，还要雇人家农民的孩子替你放奶羊，你不是资产阶级是什么？那头驴你自己有长性饲养吗？肯定没有吧？新鲜劲儿一过也得雇人饲养吧？还要有私家的水塘养鱼！我问你，你一个人一年吃得了几条鱼？吃几条买几条不就行了吗？烧包！我看你是资产阶级加地主！……"

我的梦想受到老母亲严厉的批判，一时有点儿懵懂。愣了片刻，望着儿子说："那么，儿子你的意见呢？"儿子干干脆脆地回答了两个字是——"休想。"我板起脸训道："你不去不行！因为我是你爸爸。就算我向你提出要求，你也得服从！"儿子说："你不能干涉我的居住权。这是违犯的。法律面前，父子平等。何况，我目前还是学生。一年后就该高考了！"我说："那就等你大学毕业后去！"他说："大学毕业后，我不工作了？工作单位在城市，我住农村怎么去上班？"智者千虑，必有一失，这个问题我还真没考虑。儿子不去农村，分明有正当的理由。

我又愣片刻，期期艾艾地说："那……你可要保证常到农村去看老爸！我就你这么一个儿子，你有关心我的责任和义务！其实，对你也不算什么负担。将来你结婚了，小两口儿一块儿去！"

儿子淡淡地说："那就要具体情况具体分析，看我们有没有那份儿时间和精力了！"我说："去了对你们有好处！等于周末郊游了吗！回来时，老爸还要给你们带上些新鲜的蔬菜瓜果。当然都是自家种的绿色植物！……"妻子这时插言了："哎等等，等等，梁晓声同志，先把话说清楚，自家种的，究竟是谁种的？你自己亲手种的吗？……"老母亲又一撇嘴："他？……有那闲心？还不是又得雇人种！富农思想！地主思想！比资产阶级思想还不如……"

我不理她们，继续说服儿子："儿子，亲爱的儿子呀，你们小两口每次去，老爸还要给你准备一些新下的鸡蛋，刚腌好的鸭蛋、鹅蛋！还有鱼，都给你们剖了膛，刮了鳞，收拾得干干净净的……"

妻子插言道："真贱！"

我吼她："你别挑拨离间！我现在要的是儿子的一种态度！"

儿子终于放下晚报，语气郑重地说："我们带回那么些杂七杂八干什么？你收拾得再干净，我们不也得做熟了吃吗？我们将来吃定伙，相中一个小饭店，去了就吃，吃了就走，那多省事儿！"

儿子一说完，看也不看我，起身回他的房间写作业去了……妻子幸灾乐祸地一拍手："嘿，白贱。儿子根本没领情儿。"我大为扫兴，长叹一声，沮丧地说："那么，只有我们上了！"妻说："哎哎哎，说清楚说清楚——你那'我们'，除了你自己，还有谁？"我说："你呀。你是我妻子呀！你也不去，咱俩分居呀？"

妻说："你去了，整天看书、写作，再不就骑驴玩儿，我陪你去了干什么？替你洗衣服、做饭？"我说："那么点儿活还能累着你？"妻说："累倒是累不着。但我其余的时间干什么？"我再次发愣——这个问题，也忽略了没考虑。我吭哧了半天，嗫嗫嚅嚅地说："那你就找农民的妻子们聊天嘛！"妻说："你当农民们的妻子都闲着没事儿哇？人家什么什么都承包了，才没精力陪城里的女人聊大天呢！只有老太太们才是农村的闲人！""那你就和她们聊……""呸……""你们都不去，我也还是要去的，我请个人照顾我！""可以！我帮你物色个半老不老的女人，要四川的？还是河南的？安徽的？你去农村，我和儿子，包括咱妈，心理上还获得解放了呢！是不妈？"老母亲连连点头，"那是，那是……"我抗议地说："我在家又妨碍你们什么了？"老母亲说："你一开始写东西，我们就大声儿不敢出。你压迫了我们很久，自己不明白吗？还问！"

我的脾气终于大发作，冲妻嚷："我才用不着你物色呢，我才不找半老不老的呢，我要自己物色，我要找年轻的，模样儿讨人喜欢的，性子温顺的，善解人意的……"

妻也嚷："妈，你听，你听，他要找那样儿的……"

老母亲威严地说："他敢！"——手指一戳我额心："生花花肠子了，啊？还反了你了呢，要去农村，你就自己去，半老不老的也不许找了。有志气，你就一切自力更生！"

哦，哦，我的美好的梦想啊，就这样，被妻子、儿子、老母亲，联合起来彻底捣碎了！

此后我再也没在家里重提过那梦想。

一次，当着一位朋友又说——朋友耐心听罢，慢条斯理地开口道："你老母亲批判你，没批判错。你那梦想，骨子里是很资产阶级，那是时髦呀！你要真当北京人当腻歪了，好办！我替你联系一个农村人和你换户口，还保证你得一笔钱，干不？"

我脸红了，声明我没打算连北京户口也不要了……

朋友冷笑道："猜你也是这样，北京人的身份，那是要永远保留着的，却装出讨厌大都市，向往农村的姿态。说你时髦，就时髦在这儿……"

我说："我不是装出……"

朋友说："那就干脆连户口也换了！"

我张张嘴，一时不知再说什么好。

此后，我对任何人都不敢再提我那自觉美好的梦想了。

但——几间红砖房，一个不大不小的农家院落，院门前的水塘、驴、刷了油漆的木结构的胶轮车等等梦想中的实景实物，常入我梦——要不怎么叫梦想呢……

现在，我就剩下一个梦想了。那是——在一处不太热闹也不太冷清的街角，开一间小饭店。面积不必太大，一百多平方米足矣。装修不必太高档，过得去就行。不为赚钱，只为写作之余，能伏在柜台上，近距离地观察形形色色的人，倾听他们彼此的交谈。也不是为了收集什么写作的素材，我写作不靠这么收集素材，根本就与写作无关的一个梦想。

究竟图什么？

也许，仅仅企图变成一个毫无动机的听客和看客吧！既毫无动机，则对别人无害。

为什么自己变得喜欢这样了呢？

连自己也不清楚。

任何两个人的交谈或几个人的交叉交谈，依我想来，只要其内容属于闲谈的性质——本身都是一部部书，一部部意识流风格的书。觉得自己融在这样一部部书里，觉得自己的存在毫无意义地消解在那样的，也毫无意义的意识流里，有时其实是极好的感觉。我的第二种梦想，与我对那一种感觉的渴望有关。经常希望在某一时间和某一空间内，变成一棵植物似的一个人——听到了，看见了，但是绝不走脑子，也不产生什么想法。只为自己有能听到和能看见的本能而愉悦。好比一棵植物，在阳光下懒洋洋地垂卷它的叶子，而在雨季里舒展叶子的本能一样。倘叶子那一时也是愉快的，我的第二种梦想，与拥抱住类似的愉快有关……

我的一天

友人代《今天》向我约稿。

我还没见过这刊物，但我挺喜欢它的刊名。《今天》——似乎一切事情都可以重新开始。似乎一切愿望、信心、决心、目标，都可以重新确定和树立起来。似乎……总之我们常常寄托于"今天"许多许多。

一日之计在于晨。早晨是最好的时光。难道我们不是常常在早晨想到"今天"吗？

今天我一定要这样……

今天我一定要那样……

今天我如果还不能这样或那样，我便一定将自己怎样怎样……

难道我们不是常借着"今天"发誓吗？

有时我们以誓言作为自己明天和后天的严格的规范，有时我们公开对别人发誓并希望获得监督。许多事情正是这样做成功了的，许多心灵正是这样变美好了的，许多愿望正是这样实现了的。今天——几乎是每一个人的最普遍的机会，因为每一个人都拥有许多许多今天。在许多个早晨，我常想的是——今天我一定要休息一天。也就是说，不写作，不接待客人，不必尽什么义务。然而这样的一天对我来说太少太少了。许多昨天甚至前天大前天应该做完的事，往往拖延至今天。许多今天应该做完的事，拖延至了后天或大后天。我常苦涩地嘲笑自己是没有"今天"的人。

那么我就为《今天》写写我的昨天吧！昨天是五月二十日，星期日。

昨天我这样度过的：

八点钟起床。由于神经衰弱，失眠，早五点至八点，往往是刚进入睡眠良好状态的时刻。比起工人和绝大多数机关单位的工作人员，作家真是幸运啊！即或神经衰弱，即或失眠，他们能不早早起来，匆匆走出家门，挤上公共汽车去上班吗？一个月，他们最多也就只能这么放纵自己一次吧？也许仅仅因为这一次，出勤奖就少了好几元。尤其是中国的许许多多的女工。尤其是那些工厂离家很远的女工，一想到她们，自己是毫无权利对生活犯什么矫情的了。

有一首歌叫作《三百六十五里路》可以认为那也是唱的三百六十五个"今天"。想想看，三百六十五个"今天"，风里往，雨里归，有时还要带着孩子捎着买菜，日复一日，年复一年，就这么没了青春，就这么人到中年，就这么老之渐至，就这么……后来退休了。月月岁岁的三百六十五个"今天",三百六十五里路,骑自行车的,眼见得漆光闪耀的新车逐成寄卖店也不收的旧车。眼见多少年纪轻轻的公共汽车售票员,和自己一样,由小什么而被呼为老什么……

人有时需要想想别人。

执笔之时,我本想面对稿纸,着实地倾吐一番当作家的苦衷的。却由"今天"二字想到了我们的女同胞,于是呢,又觉得自己简直是身在福中不知福了……

我最想说的其实是——或曰我最羡慕他人的其实是——我没有八小时之外。真的没有八小时之外。而别人也许会比我少却许多义务,少却许多放下自己的事情去为他人奔走的紧迫……

比如我的昨天——起床后,去散步,练半小时气功。因为身体不好,朋友们一劝再劝,学起气功来。我是个很没长性的学生,三天打渔,两天晒网。

八点四十回到家里。

九点钟洗漱完毕。

开始吃早饭。刚端起饭碗,来了电话——同学的同学出差到北京,请求帮个忙,买三张回上海的卧铺票。在北京,买火车票,是一大难事。难,就可以回绝了吗?多年不见的大学同学,求这么一桩事,都回绝?没勇气。爽口答应下来再说吧。

放下电话,愣了一会儿。不知自己再该去求谁。每年从五月至"十一"前,总要迎来送往那么十余次。当然,也总要东求西求代买火车票。而求到我名下的人们，要的总那么急，比预定的时间要急得多。可不是吗，不急，人家也犯不上求我一次……

九点半左右，北影厂传达室又来了电话，通知来了位家乡人。

匆匆吃罢饭，蹬上车去接。不认识。怎么会认识呢？出生在哈尔滨，一次也没回过老家——山东省莱城县泊子乡温泉寨村——一个近海的小小的村子。我的父亲当年离开它闯关东，才十四五岁。直到去年七十七岁病故，只回去过一次。家乡只有乡亲，没有亲人了。

接至家中的是一位"婶"。她讲出一番事，听得我惊心动魄。家乡人因一桩小事，闹出一场人命案来，她的儿子被判了死罪，下在大牢里，已经两级法院审判，定了死罪。她此来就是要上诉，为独生子争取个"死缓"。听来也有令人同情之处。于是安慰：事到临头，急也无用，明天我陪你去上诉就是了……

忽然有人敲门——当年的北大荒知青战友们，要出一册《北大荒人名录》和一册《北大荒风云录》。这是有意义的事，应当支持，于是我成了编委。忘了今天开编委会……每一次编委会，大家都希望我出席，这一次也不例外。于是动身去参加，中午集体吃便饭，直开到下午三时结束。忽然又想到，有三位中央美术学院毕业的青年，正开画展。其中一位，是朋友。早就寄来了请柬，希望包涵观看。今天是最后的一天……青年人们的事业，总是也希望获得到中年人的理解和支持。很累。想想，还是去吧。于是绕路前往观看画展，少不得要当面谈谈感受，于是就到了五点。

昨天北京刮大风。五级。

回到家中，已六点半，一身的尘土。匆匆吃罢饭，再听那位家乡的"婶"讲些细微末节。陪着难过，叹息。七点钟，来了两位电影学院的学生。没什么事儿，只是来聊聊。八点半送走客人。之后接两次电话——外地刊物进京约稿的编辑打来的。九点钟，童影厂厂长，来研究开一次座谈会的事儿……九点四十，陪厂长去看一位外地导演……回到家里，十一点。也不洗了。也不漱了。人困马乏地，便睡了。这就是我的"昨天"——许许多多同样内容同样节奏的"昨天"中的一天。

今天呢？——今天上午八点半，陪同"婶"离家，去高级人民法院、高级人民检察接待站。居京十年，这些个地方，我也不知大门朝哪儿开。鼻子底下一张嘴——问。

最后到接待站时，已下午一点，停止接待了。"婶"心情沉重，不吃不喝。我也不想吃不想喝。下午两点，开始发表。领表，填表，递表，排队等待叫号接待……

结果还是没被接待上。明天再来，路很远。我不陪着，那位"婶"也找不到这个地方。于是安排她在附近的一家小旅店住下，一一交代清楚，方告别回家。回到家里，已是七点。吃罢晚饭，躺了一个小时，朦朦胧胧的，似睡非睡。算是休息吧！桌上有一个条——妻子记下了几次电话的内容，决定了我明天又要做些什么尽些什么义务……厂长又来电话，要求我明天参加一个"首映式"。这是公务，另外一些方面，则是义务。总之似乎都是我应尽之务。包括这一篇稿子，答应了的，总要做到，是不是？而我自己按计划的写作，已"搁浅"十余日，难有时间和精力续笔。没有"八小时之外"的生活，也非正常的生活。

我的生活，常常将"我"淹没了。我的"今天"，常常是他人的"今天"。我相信一个生活原则：如果你有可能帮助别人，哪怕是极小的帮助，而你不去实践，是不道德的。

生活中的温馨已然流失，像自然界的水土流失一样令人忧虑。如果我们本身从来不曾向生活之中投入温馨，那我们有什么权利抱怨生活太冷漠了呢？

这么一想，我也就不把我的生活现状看得很糟糕了。也就少了许多烦恼，多了许多自慰。我的每一个"今天"，其实都做了一些必要的事情。为自己和为他人而做，同样有意义。总之我的"今天"，烦恼和愉悦是一样的多。而生活本身，也许就该是这样的……

心灵的花园

谁不希望拥有一个小小花园？哪怕是一丈之地呢！若有，当代人定会以木栅围起。那木栅，我想也定会以个人的条件和意愿，摆弄得尽可能地美观。然后在春季撒下花种，或者移栽花秧。于是，企盼着自己喜爱的花儿，日日地生长、吐蕾，在夏季里姹紫嫣红开成一片。虽在秋季里凋零却并不忧伤，仔细收下了花籽儿，待来年再种，相信花儿能开得更美……

真的，谁不曾怀有过这样的梦想呢？

都市寸土千金，地价炒得越来越高。拥有一个小小花园的希望，对寻常之辈不啻是一种奢望，一种梦想。某些副部级以上的干部，而且是老资格的，才有可能把希望变成现实。于是令寻常之人羡眼乜斜。

我想，其实谁都有一个小小花园，谁都是有苗圃之地的，这便是我们的内心世界。人的智力需要开发，人的内心世界也是需要开发的。人和动物的区别，除了众所周知的诸多方面，恐怕还在于人有内心世界。心不过是人的一个重要脏器，而内心世界是一种景观，它是由外部世界不断地作用于内心渐渐形成的。每个人都无比关注自己及至亲至爱之人心脏的健损，以至于稍有微疾便惶惶不可终日。但并非每个人都关注自己及至亲至爱之人的内心世界的阴晴，己所无视，遑论他人？

我常"侍弄"我心灵的苗圃。身已不健，心倘尤秽，又岂能活得好些？职业的缘故，使我惯对自己和他人的心灵予以研究。结论是——心灵，亦即我所言内心世界，是与人的身体健康同样重要的。故保健专家和学者们开口必言的一句话，不仅仅是"身体健康"，而且是"身心健康"。

我爱我的儿子梁爽。他读小学这正是一个人的内心世界开始形成的年龄。我也常教他学会如何"侍弄"他那小小心灵的苗圃。"侍弄"这个词，用在此处是很勉强的，不那么贴切，姑且借用之吧！意思无非是，人自己的内心世界如果自己惰于拂拭，是会浮尘厚积、杂草丛生的。也许有人联系到禅家的一桩"公案"："时时勤拂拭，莫使惹尘埃"之说的"俗"和"心中无一物，何处惹尘埃"之说的"彻悟"。

我系俗人，仅能以俗人的观念和方式教子。至于禅家乃至禅祖们的某些玄言，我一向是抱大不恭的轻慢态度的。认为除了诡辩技巧的机智，没什么真的"深奥"。现代人中，我不曾结识过一个内心完全"虚空"的。满口"虚空"，实际上内心物欲充盈、名利不忘的，倒是大有人在。何况我又不想让我的儿子将来出家，做什么云游高僧。故我对儿子首先的教诲是：人的内心世界，或言人的心灵，大概是最容易招惹尘埃、沾染污垢的，"时时勤拂拭"也无济于事。心灵的清洁卫生只能是相对的，好比人的居处的清洁卫生只能是相对的。而根本不拂拭，甚至不高兴别人指出尘埃和污垢，则是大不可取的态度，好比病人讳疾忌医。

一次儿子放学回到家里，进屋就说："爸爸，今天同学的红领巾被老师收去了！"我问为什么。儿子回答："犯错误了呗！把老师气坏了！"那同学是他好朋友，但却有些日子不到家里来玩儿了。我依稀记得他讲过，似乎老师要在他们两者之间选拔一名班干部。我又问："你高兴？"他怔怔地瞪着我。我将他召至跟前，推心置腹地问："跟爸爸说实话，你是不是因此而高兴？"他便诚实地回答："有点儿。"我说："你学过一个词，叫'幸灾乐祸'，你能正确解释这个词吗？"他说："别人遭到灾祸时自己心里高兴。"我说："对。当然，红领巾被老师收去了，还算不得什么灾。但是，你心里已有了这种'幸灾乐祸'的根苗，那么你哪一天听说他生病了、住院了，甚至生命有危险了，说不定你内心里也会暗暗地高兴。"儿子的目光告诉我，他不相信自己会那样。

我又说："为什么他的红领巾被老师收去了，你会高兴呢？让爸爸替你分析分析，你想一想对不对？如果你们老师并不打算在你们两个之间选拔一名班干部，你倒未必幸灾乐祸。如果你心里清楚，老师最终选拔的肯定是你，你也未必幸灾乐祸。你之所以幸灾乐祸，是因为自己感到，他和你被选拔的可能性是相等的，甚至他被选拔的可能性更大些。于是你才因为他犯了错误，惹老师生气了而高兴。你觉得，这么一来，他被选拔的可能性缩小，你自己被选拔的可能性就增大了。你内心里这一种幸灾乐祸的想法，完全是由嫉妒产生的。你看，嫉妒心理多丑恶呀，它竟使人对朋友也幸灾乐祸！"

儿子低下了头。

我接着说："如果他并没犯错误，而老师最终选拔他当了班干部，你现在幸灾乐祸，就可能变成一种内心里的愤恨了。那就叫嫉妒的愤恨。人心里一旦怀有这一种嫉妒的愤恨，就会进一步干出不计后果、危害别人、危害社会的事，最后就只有自食恶果。一切怀有嫉妒的愤恨的人，最终只有那样一个下场……"

接着我给他讲了两件事：有两个女孩儿，她们原本是好朋友，又都是从小学芭蕾的。一次，老师要从她们两人中间选一个主角。其中一个，认为肯定是自己，应该是自己，可老师偏偏选了另一个。于是，她就在演出的头一天晚上，将她好朋友的舞裙，剪成了一片片。另外有两个女孩儿，是一对小杂技演员。一个是"尖子"，也就是被托举起来的。另一个是"底座"，也就是将对方托举起来的。她们的演出几乎场场获得热烈的掌声。可那个"底座"不知为什么，内心里怀上了嫉妒，总是莫名其妙地觉得，掌声是为"尖子"一个人鼓的。她觉得不公平。日复一日的，那一种暗暗的嫉妒，就变成了嫉妒的愤恨。她总是盼望着她的"尖子"出点儿什么不幸才好。终于有一天，她故意失手，制造了一场不幸，使她的"尖子"在演出时当场摔成重伤……最后我对儿子讲："如果那两个因嫉妒而干伤害别人之事的女孩儿，不是小孩儿是大人，那么她们的行为就是犯罪行为了……"

儿子问："大人也嫉妒吗？"

我说："大人尤其嫉妒。一旦嫉妒起来尤其厉害，甚至会因嫉妒杀人放火干种种坏事。也有因嫉妒太久，又没机会对被嫉妒的人下手而自杀的……

凡那样的大人，皆因从小的时候开始，就让嫉妒这颗种子，在心灵里深深扎了根。他们的内心世界，不是花园，不是苗圃，而是荆棘密布的乱石岗……"

儿子问："爸爸你也嫉妒过吗？"

我说："我当然也嫉妒过，直到现在还时常嫉妒比自己幸运比自己优越比自己强的人。人嫉妒人是没有办法的事。从伟大的人到普通的人，都有嫉妒之心。没产生过嫉妒心的人是根本没有的。"

儿子问："那怎么办呢？"

我说："第一，要明白嫉妒是丑恶的，是邪恶的。嫉妒和羡慕还不一样。羡慕一般不产生危害性，而嫉妒是对他人和社会具有危害性和危险性的。第二，要明白，不可能一切所谓好事，好的机会，都会理所当然地降临在你自己头上。当降临在别人头上时，你应对自己说，我的机会和幸运可能在下一次。而且，有些事情并不重要。比如对于一个小学生来说，当上当不上班干部，并不说明什么。好好学习，才是首要的……"

儿子虽然只有十几岁，但我经常同他谈心灵。不是什么谈心，而是谈心灵问题。谈嫉妒、谈仇恨、谈自卑、谈虚荣、谈善良、谈友情、谈正直、谈宽容……

不要以为那都是些大人们的话题。十几岁的孩子能懂这些方面的道理了。该懂了。而且，从我儿子，我认为，他们也很希望懂。

我认为，这一切和人的内心世界有关的现象，将来也必和一个人的幸福与否有关。我愿我的儿子将来幸福，所以我提前告诉他这些……

邻居们都很喜欢我的儿子，认为他是个"懂事"的好孩子。同学们跟他也都很友好，觉得和他在一起高兴，愉快。

我因此而高兴，而愉快。

我知道，一个心灵的小花园，"侍弄"得开始美好起来了……

玉顺嫂的股

九月出头，北方已有些凉。

我在村外的河边散步时，晨雾从对岸铺过来。庄稼地里，割倒的苞谷秸不见了，一节卡车的挂斗车厢也被隐去了轮，像江面上的一条船。

这边的河岸蘱生着狗尾草，草穗的长绒毛吸着显而易见的露珠，刚浇过水似的。四五只红色或黄色的蜻蜓落在上边，翅子低垂，有一只的翅膀几乎是在搂抱着草穗。它们肯定昨晚就那么落着了，一夜的霜露弄湿了翅膀，分明也冻得够呛。不等到太阳出来晒干双翅，大约是飞不起来的。我竟信手捏住了一只的翅膀，指尖感觉到了微微的水湿。可怜的小东西们接近着麻木了，由麻木而极其麻痹。那一只在我手中听天由命地缓缓地转动着玻璃球似的头，我看着这种世界上眼睛最大的昆虫因为秋寒到来而丧失了起码的警觉，一时心生出忧伤来。"穿花蛱蝶深深见，点水蜻蜓款款飞"的季节过去了，它们的好日子已然不多，这是确定无疑的。它们不变得那样还能怎样呢？我轻轻将那只蜻蜓放在草穗上，而小东西随即又垂拢翅膀搂抱着草穗了。河边土地肥沃且水分充足，狗尾草占尽生长优势，草穗粗长，草籽饱满，看去更像狗尾巴了。

"梁先生……"

我一转身，见是个少年。雾已漫过河来，他如在云中，我也是。我在村中见到过他。

我问："有事？"

他说："我干妈派我，请您到她家去一次。"

我又问："你干妈是谁？"

他腼腆了，讷讷地说："就是……就是……村里的大人都叫她玉顺嫂那个……我干妈说您认识她……"

我立刻就知道他干妈是谁了。

这是个极寻常的小村，才三十几户人家，不起眼。除了村外这条河算是特点，此外再没什么吸引人的方面。我来到这里，是由于盛情难却。我的一位朋友在此出生，他的老父母还生活在村里。村里有一位民间医生善推拿，朋友说治颈椎病是他的"绝招"。

我每次回哈尔滨，那朋友是必定得见的。而每次见后，他总是极其热情地陪我回来治疗颈椎病。效果姑且不谈，其盛情却是只有服从的。算这一次，我已来过三次，已认识不少村人了。玉顺嫂是我第二次来时认识的——那是冬季，也在河边。我要过河那边去，她要过河这边来，我俩相遇在桥中间。

"是梁先生吧？"——她背一大捆苞谷秸，望着我站住，一脸的虔敬。

我说是。她说要向我请教问题。我说那您放下苞谷秸吧。她说背着没事儿，不太沉，就几句话。

"你们北京人知道的情况多，据你看来，咱们国家的股市，前景到底会怎么样呢？"

我不由一愣，如同鲁迅在听祥林嫂问他：人死后究竟是有灵魂的吗？

她问得我心里咯噔一下。

我是从不炒股的。然每天不想听也会听到几耳，所以也算了解点儿情况。

我说："不怎么乐观。"

"是吗？"她的双眉顿时紧皱起来了。同时，她的身子似乎顿时矮了，仿佛背着的苞谷秸一下子沉了几十斤。那不是由于弯腰所致，事实上她仍尽量在我面前挺直着腰。给我的感觉不是她的腰弯了，而是她的骨架转瞬间缩巴了。

她又说："是吗？"目光牢牢地锁定我，竟有些发直，我一时后悔。

"您……也炒股？"

"是啊，可……你说不怎么乐观是什么意思呢？不怎么好？还是很糟糕？就算暂时不好，以后必定又会好的吧？村里人都说会的。他们说专家们一致是看好的。你的话，使我不知该信谁了……只要沉住气，最终还是会好的吧？"

她一连串的发问，使我根本无言以对，也根本料想不到，在这么一个仅三十几户人家的小村里，会一不小心遇到一名股民，还是农妇！

我明智地又说："当然，别人们的看法肯定是对的……至于专家们，他们比我有眼光。我对股市行情太缺乏研究，完全是外行，您千万别把我的话当回事儿……否极泰来，否极泰来……"

"我不明白……"

"就是……总而言之，要镇定，保持乐观的心态是正确的……"

我敷衍了几句，匆匆走过桥去，接近着逃掉。

在朋友家，他听我讲了经过，颇为不安地说："肯定是玉顺嫂，你说了不该那么说的话……"

朋友的老父母也不安了，都说那可咋办？那可咋办？

朋友告诉我，村里人家多是王姓，如果从爷爷辈论，皆五服内的亲戚关系，也皆闯关东的山东人后代，祖父辈的人将五服内的亲戚关系带到了东北。排论起来，他得叫玉顺嫂姑。只不过，如今不那么细论了，概以近便的乡亲关系相处。

三年前，玉顺嫂的丈夫王玉顺在自家地里起土豆时，一头栽倒死去了。那一年他们的儿子在上技校，他们夫妻已攒下了八万多元钱，是预备翻盖房子的钱。村里大部分人家的房子都翻盖过了，只她家和另外三四家住的还是从前的土坯房。丈夫一死，玉顺嫂没了翻盖房子的心思。偏偏那时，村里人家几乎都炒起股来。村里的炒股热，是由一个叫王仪的人煽乎起来的。那王仪曾是某大村里的中学的老师，教数学，且教得一向极有水平，培养出了不少尖子生，他们屡屡在全县甚至全省的数学竞赛中取得名次及获奖。

他退休后，几名考上了大学的学生表达师恩，凑钱买了一台挺高级的笔记本电脑送给他。不知从何日起，他便靠那台电脑在家炒起股来，逢人每喜滋滋地说：赚了一笔又赚了一笔。村人们被他的话拨弄得眼红心动，于是有人就将存款委托给他代炒。他则一一爽诺，表示肯定会使乡亲们都富起来。委托之人渐多，玉顺嫂最终也把持不住欲望，将自家的八万多元钱悉数交付给他全权代理了。起初人们还是相信他经常报告的好消息的。但消息再闭塞的一个小村，还是会有些外界的情况说法挤入的。于是有人起疑了，天天晚上也看起电视里的《财经频道》来。以前，人们是从不看那类频道的，每晚只选电视剧看。开始看那类频道了，疑心难免增大，有天晚上大家便相约了到王仪家郑重"咨询"。

王仪倒也态度老实，坦率承认他代每一户人家买的股票全都损失惨重。还承认，其实他自己也将他们两口子多年辛苦挣下的十几万全赔进去了。他煽乎大家参与炒股，是想运用大家的钱将自家损失的钱捞回来……

他这么替自己辩护：我真的赚过！一次没赚过我也不会有那种想法。我利用了大家的钱确实不对，但从理论上讲，我和大家双赢的可能也不是一点儿没有！

愤怒了的大家哪里还愿多听他"从理论上"讲什么呢？就在他家里，当着他老婆孩子的面，委托给他的钱数大或较大的人，对他采取了暴烈的行动，把他揍得也挺惨。即使对于农民，当今也非仓里有粮，心中不慌的时代，而同样是钱钞为王的时代了。他们是中国挣钱最不容易的人。明知钱钞天天在贬值已够忧心忡忡的，一听说各家的血汗钱几乎等于打了水漂儿，又怎么可能不急眼呢？兹事体大，什么"五服"内"五服"外的关系，当时对于拳脚丝毫不是障碍了。第二天王仪离家出走，以后就再没在村里出现过。他的家人说，连他们也不知他的下落了，各家惶惶地将所剩无几的股渣清了仓。

从此，这小村的农民们闻股变色，如同真实存在的股市是真真实实的蟒蛇精，专化形成性感异常的美女，生吞活咽幻想"共享富裕"的人。但人们转而一想，也就只有认命。可不嘛，些个农民炒的什么股呢？说到底自己被忽悠了也得怨自己，好比自己割肉喂猛兽了，而且是猛兽并没扑向自己，自己主动割上赶着喂的，疼得要哭叫起来也只能背着人哭到旷野上去叫呀！

有的人，一见到或一想到玉顺嫂，心里还会倍受道义的拷问与折磨——大家是都认命清仓了，却唯独玉顺嫂仍蒙在鼓里！仍在做着股票升值的美梦！仍整天沉浸于她当初那八万多元已经涨到了二十多万的幸福感之中。告诉她八万多元已损失到一万多了也赶紧清仓吧，于心不忍，怕死了丈夫不久的她承受不住真话的沉重打击；不告诉呢，又都觉得自己简直不是人了！我的朋友及他的老父母尤其受此折磨，因为他们家与玉顺嫂的关系真的在"五服"之内，是更亲近的。

朋友正讲着，玉顺嫂来了。朋友一反常态，当着玉顺嫂的面一句接一句数落我，极尽讽刺挖苦之能事，无非说我这个人一向不懂装懂，自以为是，由于长期被严重的颈椎病所纠缠，看什么事都变成了不可救药的悲观主义者云云。朋友的老父母也参与演戏，说我也曾炒过股，亏了几次，所以一谈到股市心里就没好气，自然念衰败经。我呢，只有嘿嘿讪笑，尽量表现出承认自己正是那样的。

玉顺嫂是很容易骗的女人。她高兴了，劝我要多住几天。说大冬天的，按摩加上每晚睡热乎乎的火炕，颈椎病会有减轻。

我说是的是的，我感觉痛苦症状减轻多了，这个村简直是我的吉祥地……

玉顺嫂走后，我和朋友互相看看，良久无话。我想苦笑，却连一个苦的笑都没笑成。朋友的老父母则都喃喃自语，一个说："这算干什么？这算干什么……"另一个说："往后还咋办？还咋办……"

我跟那礼貌的少年来到玉顺嫂家，见她躺在炕上。她一边坐起来一边说："还真把你给请来了，我病着，不下炕了，你别见怪啊……"那少年将桌前的一把椅子摆正，我看出那是让我坐的地方，笑笑，坐了下去。我说不知道她病了，如果知道，会主动来探望她的。她叹口气，说她得了风湿性心脏病，一检查出来已很严重，地里的活儿是根本干不了啦，只能慢慢腾腾地自己给自己弄口饭吃了。

我心一沉，问她儿子目前在哪儿。她说儿子已从技校毕业，在南方打工，知道家里把钱买成了股票后，跟她吵了一架，赌气又一走，连电话也很少打给她了。我心不但一沉，竟还疼了一下。她望着少年又说，多亏有他这个干儿子，经常来帮她做点儿事。

接着问少年："是叫的梁先生吗？"我替少年回答是的，夸了他一句。玉顺嫂也夸了他几句，话题一转，说她是请我来写遗嘱的。我一愕，急安慰她不要悲观，不要思虑太多，没必要嘛。玉顺嫂又叹口气，坚决地说："有必要啊！你别安慰我了，安慰我的话我听多了，没一句能对我起作用的。何况你梁先生是一个悲观的人，悲观的人劝别人不要悲观，那更不起作用了！你来都来了，便耽误你点儿时间，这会儿就替我把遗嘱写完吧……"

那少年从抽屉里取出纸、笔以及印泥盒，一一摆在桌上。在玉顺嫂那种充满信赖的目光的注视之下，我犹犹豫豫地拿起了笔。按照她的遗嘱，子虚乌有的二十二万多元钱，二十万留给她的儿子，一万元捐给村里的小学，一万元办她的葬事，包括修修她丈夫的坟，余下三千多元，归她的干儿子……

我接着替她给儿子写了封遗书，她嘱咐儿子务必用那二十万元给自己修一处农村的家园，说在农村没有了家园的农民的儿子，人生总归是堪忧的。并嘱咐儿子千万不要也炒股，那份儿提心吊胆的滋味实在不好……我回到朋友家里，将写遗嘱之事一说，朋友长叹道："我的任务总算完成了。希望由你这位作家替她写遗嘱，成了她最大的心愿……"我张张嘴，一个字也没说出来。序、家信、情书、起诉状、辩护书，我都替人写过不少。连悼词，也曾写过几次的。遗嘱却是第一次写，然而是多么不靠谱的一份遗嘱啊！值得欣慰的是，同时代人写了一封语重心长的遗书，一位母亲留给儿子的遗书，一封对得住作家的文字水平的遗书……

这么一想，我心情稍好了点儿。第二天下起了雨，第三天也是雨天，第四天上午，天终于放晴，朋友正欲陪我回哈尔滨，几个村人匆匆来了，他们说玉顺嫂死在炕上。朋友说："我不能陪你走了……"他眼睛红了。我说："那我也留下来送玉顺嫂入土吧，我毕竟是替她写过遗嘱的人。"

村人们凑钱将玉顺嫂埋在了她自家的地头她丈夫的坟旁，也凑钱替她丈夫修了坟。她儿子没赶回来，唯一能与之联系的手机号码被告诉停机了。

没人敢做主取出玉顺嫂的股钱来用，怕被她那脾气不好的儿子回来时问责，惹出麻烦。那是一场极简单的丧事，却还是有人哭了。葬事结束，我见那少年悄悄问我的朋友："叔，干妈留给我的那份儿钱，我该跟谁要呢？"朋友默默看着少年，仿佛聋了，哑了。他求助地将目光望向我。我胸中一大团纠结，郁闷得有些透不过气来，同样不知说什么好。路边草丛之下，遍地死蜻蜓。

一场秋雨一场寒……

玻璃匠和他的儿子

二十世纪八十年代以前，城市里每能见到一类游走匠人——他们背着一个简陋的木架走街串巷；架子上分格装着些尺寸不等，厚薄不同的玻璃。他们一边走一边招徕生意："镶——窗户！……镶——镜框！……镶——相框！……"

他们被叫作"玻璃匠"。

有时，人们甚至直接这么叫他们："哎，镶玻璃的！"

他们一旦被叫住，就有点儿钱可挣了。或一角，或几角。总之，除了成本，也就是一块玻璃的原价。他们一次所挣的钱，绝不会超过几角去。一次能挣五角钱的活，那就是"大活儿"了。他们一个月遇不上几次大活儿的。一年四季，他们风里来雨里去，冒酷暑，顶严寒，为的是一家人的生活。他们大抵是些由于这样或那样的原因而被拒在"国营"体制以外的人。按今天的说法，是些当年"自谋生路"的人。有"玻璃匠"的年代，城市百姓的日子都过得很拮据，也特别仔细。不论窗玻璃裂碎了，还是相框玻璃或镜子裂碎了；那大块儿的，是舍不得扔的，专等玻璃匠来了，给切割一番，拼对一番。要知道，那是连破了一只瓷盆都舍不得扔，专等铜匠来了给铜上的穷困年代啊……

玻璃匠开始切割玻璃时，每每吸引不少好奇的孩子围观。孩子们的好奇心，主要是由"玻璃匠"那一把玻璃刀引起的。玻璃刀本身当然不是玻璃的。玻璃刀看上去都是样子差不了哪儿去的刃具，像临帖的毛笔。刀头一般长方而扁，其上固定着极小极小的一粒金刚石。玻璃刀之所以能切割玻璃，完全靠那一粒金刚石。没有了那一粒小之又小的金刚石，一把玻璃刀便一钱不值了。玻璃匠也就只得改行，除非他再买一把玻璃刀。而从前一把玻璃刀一百几十元，相当于一辆新自行车的价格，对于靠镶玻璃养家糊口的人，谈何容易！并且，也极难买到。因为在从前，在中国，金刚石本身太稀缺了。所以，从前中国的玻璃匠们，用的几乎全是从前的从前也即新中国成立前的玻璃刀，大抵是外国货。新中国成立前的中国还造不出玻璃刀来，将一粒小之又小的金刚石固定在铜或钢的刀头上，是一种特殊的工艺。可想而知，玻璃匠们是多么爱惜他们的玻璃刀！与侠客们对自己的兵器的爱惜程度相比，也是不算夸张的。每一位玻璃匠都一定为他们的玻璃刀做了套子，像从前的中学女生每为自己心爱的钢笔织一个笔套。有的玻璃匠，甚至为他们的玻璃刀做了双层的套子。一层保护刀头，另一层连刀身都套进去，再用一条链子系在内衣兜里，像系着一块宝贵的怀表似的。当他们从套中抽出玻璃刀，好奇的孩子们就将一双双眼睛瞪大了。玻璃刀贴着尺在玻璃上轻轻一划，随之出现一道纹，再经玻璃匠的双手有把握地一掰，玻璃就沿纹齐整地分开了，在孩子们看来那是不可思议的……

我的一位中年朋友的父亲，便是从前年代的一名玻璃匠。他的父亲有一把德国造的玻璃刀。那把玻璃刀上的金刚石，比许多玻璃刀上的金刚石都大，约半个芝麻粒儿那么大。它对于他的父亲和他一家，意味着什么不必细说。

有次，我这位朋友在我家里望着我父亲的遗像，聊起了自己曾是玻璃匠的父亲，聊起了他父亲那一把视如宝物的玻璃刀。我听他娓娓道来，心中感慨万千。

他说他父亲一向身体不好，脾气也不好。他十岁那一年，他母亲去世了，从此他父亲的脾气就更不好了。而他是长子，下边有一个弟弟一个妹妹。父亲一发脾气，他就首先成了出气筒。年纪小小的他，和父亲的关系越来越紧张，也越来越冷漠。他认为他的父亲一点儿也不关爱他和弟弟妹妹。他暗想，自己因而也有理由不爱父亲。他承认，少年时的他，心里竟有点儿恨自己的父亲……

有一年夏季，父亲回老家去办理祖父的丧事。父亲临走，指着一个小木匣严厉地说："谁也不许动那里边的东西！"——他知道父亲的话主要是说给他听的，同时猜到，父亲的玻璃刀放在那个小木匣里了。但他毕竟是个孩子啊！别的孩子感兴趣的东西，他也免不了会对之发生好奇心的呀！何况那东西是自己家里的，就放在一个没有锁的，普普通通的小木匣里！于是父亲走后的第二天他打开了那小木匣，父亲的玻璃刀果然在内。但他只不过将玻璃刀从双层的绒布的套子里抽出来欣赏一番，比画几下而已。他以为他的好奇心会就此满足，却没有。第三天他又将玻璃刀拿在手中，好奇心更大了。找到块碎玻璃试着在上边划了一下，一掰，碎玻璃分为两半，他就觉得更好玩了。以后的几天里，他也成了一名小玻璃匠，用东捡西拾的碎玻璃，为同学们切割出了一些玻璃的直尺和三角尺，大受欢迎。然而最后一次。那把玻璃刀没能从玻璃上划出纹来，仔细一看，刀头上的金刚石不见了！他这一惊非同小可，心里毛了，手也被玻璃割破了。他怎么也没想到，使用不得法，刀头上那粒小之又小的金刚石，是会被弄掉的。他完全搞不清楚是什么时候掉的，可能掉在哪儿了？就算清楚，又哪里会找得到呢？就算找到了，凭他，又如何安到刀头上去呢？他对我说，那是他人生中所面临的第一次重大事件。甚至，是唯一的一次重大事件。以后他所面临过的某些烦恼之事的性质，都不及当年那一件事严峻。他当时可以说是吓傻了……由于恐惧，那一天夜里，他想出了一个卑劣的方法——第二天他向同学借了一把小镊子。将一小块碎玻璃在石块上仔仔细细捣得粉碎，夹起半个芝麻粒儿那么小的一个玻璃碴儿，用胶水粘在玻璃刀的刀头上了。那一年是一九七二年，他十四岁……

三十余年后，在我家里，想到他的父亲时，他一边回忆一边对我说："当年，我并不觉得我的办法卑劣。甚至，还觉得挺高明。我希望父亲发现玻璃刀上的金刚石粒儿掉了时，以为是他自己使用不慎弄掉的。那么小的东西，一旦掉了，满地哪儿去找呢？即使找不到，哪怕怀疑是我搞坏的，也没有什么根据。只能是怀疑啊……"

他的父亲回到家里后，吃饭时见他手上缠着布条，问他手指怎么了？他搪塞地回答，生火时不小心被烫了一下。父亲没再多问他什么。

翌日，父亲一早背着玻璃箱出门挣钱去，才一个多小时后就回来了，脸上阴云密布。他和他的弟弟妹妹吓得大气儿都不敢出一口。然而父亲并没问玻璃刀的事，只不过仰躺在床上，闷声不响地接连吸烟……

下午，父亲将他和弟弟妹妹叫到跟前，依然阴沉着脸但却语调平静地说："镶玻璃这种营生是越来越不好干了。哪儿哪儿都停产，连玻璃厂都不生产玻璃了。玻璃匠买不到玻璃，给别人家镶什么呢？我要把那玻璃箱连同剩下的几块玻璃都卖了。我以后不做玻璃匠了，我得另找一种活儿挣钱养活你们……"

他的父亲说完，真的背起玻璃箱出门卖去了……

以后，他的父亲就不再是一个靠手艺挣钱的男人了，而是一个靠力气挣钱养活自己儿女的男人了。他说，以后他的父亲做过临时搬运工，做过临时仓库看守员，还做过公共浴堂的临时搓澡人：居然还放弃一个中年男人的自尊，正正式式地拜师为徒，在公共浴堂里学过修脚……

而且，他父亲的暴脾气，不知为什么竟一天天变好了，不管在外边受了多大委屈和欺辱，再也没回到家里冲他和弟弟妹妹宣泄过。那当父亲的，对于自己的儿女们，也很懂得问饥问寒地关爱着了。这一点一直是他和弟弟妹妹们心中的一个谜，虽然都不免奇怪，却并没有哪一个当面问过他们的父亲。

到了我的朋友三十四岁那一年也就是九十年代初，他的父亲因积劳成疾，才六十多岁就患了绝症。在医院里，在曾做过玻璃匠的父亲的生命之烛快燃尽的日子里，我的朋友对他的父亲孝敬倍增。那时。他们父子的关系已变得非常深厚了。一天，趁父亲精神还可以，儿子终于向父亲承认，二十几年前，父亲那一把宝贵的玻璃刀是自己弄坏的，也坦白了自己当时那一种卑劣的想法……

不料他父亲说："当年我就断定是你小子弄坏的！"

儿子惊讶了："为什么父亲？难道你从地上找到了……那么小那么小的东西啊，怎么可能呢？"

他的老父亲微微一笑，语调幽默地说："你以为你那种法子高明啊？你以为你爸就那么容易受骗呀？你又哪里会知道，我每次给人家割玻璃时，总是习惯用大拇指抹抹刀头。那天，我一抹，你粘在刀头上的玻璃碴子，扎进我大拇指肚里去了。我只得把揣进自己兜里的五角钱又掏出来退给人家了。我当时那种难堪的样子就别提了，好些个大人孩子围着我看呢！儿子你就不想想。你那么做，不是等于要成心当众出你爸爸的洋相吗？"

儿子愣了愣，低声又问："那你，当年怎么没暴打我一顿？"

他那老父亲注视着他，目光一时变得极为温柔，语调缓慢地说："当年，我是那么想来着。恨不得几步就走回家里，见着你，掀翻就打。可走着走着，似乎有谁在我耳边对我说，你这个当爸的男人啊，你怪谁呢？你的儿子弄坏了你的东西不敢对你说，还不是因为你平日对他太凶么？你如果平日使他感到你对于他是最可亲可爱的一个人。他至于那么做吗？一个十四岁的孩子，那么做是容易的吗？换成大人也不容易啊！不信你回家试试，看你自己把玻璃捣得那么碎，再把那么小那么小的玻璃碴粘在金属上容易不容易？你儿子的做法，是怕你怕的呀……我走着走着，就流泪了。那一天，是我当父亲以来，第一次知道心疼孩子。以前呢，我的心都被穷日子累糙了，顾不上关怀自己的孩子们了……"

"那，爸你也不是因为镶玻璃的活儿不好干了才……""唉，儿子你这话问的！这还用问吗……"我的朋友，一个三十五六岁的儿子，伏在他老父亲身上，无声地哭了。几天后，那父亲在他的两个儿子一个女儿的守护之下，安详而逝……我的朋友对我讲述完了，我和他不约而同地吸起烟来，长久无话。那时，夕照洒进屋里，洒了一地，洒了一墙。我老父亲的遗像，沐浴着夕照，他在对我微笑。他也曾是一位脾气很大的父亲，也曾使我们当儿女的都很惧怕。可是从某一年开始，他忽然似的判若两人，变成了一位性情温良的父亲。

我望着父亲的遗像，陷入默默地回忆，在我们几个儿女和我们的老父亲之间，想必也曾发生过类似的事吧？那究竟是一件什么事呢？

可我却没有我的朋友那么幸运，至今也不知道。而且，也不可能知道了，将永远是一个谜了……

我的少年时代

怎么的，自己就成了一个四十多岁的人了呢？

仿佛站在人生的山头上，五十岁的年龄已正在向我招手，如俗话常说的"转眼间的事儿"。我还看见六十岁的年龄拉着五十岁的手。我知道再接着我该从人生的山头上往下走了，如太阳已经过了中午。不管我情愿不情愿，我必须接受这样一个现实……

于是茫然地，不免频频回首追寻消失在岁月里的童年和少年时代。

我是一个穷人家的孩子。父亲是建筑工人，新中国的第一代建筑工人。我六岁的时候他到大西北去了，以后我每隔几年才能见到他一面。在十年"文革"中我只见过他三次。我三十三岁那一年他退休了。在我三十三岁至四十岁的七年中，父亲到北京来，和我住过一年多。一九八八年五月他再次来北京，已是七十七岁的老人了。这一年的十月，父亲病逝在北京。

父亲靠体力劳动者的低微工资养活我和弟弟妹妹们长大。我常觉得我欠父亲很多很多，我总想回报。其实没能回报，如今这一愿望再也不可能实现。

母亲也是七十多岁的老人了。在我的印象中，母亲就没穿过新衣服。我是扯着母亲的破衣襟长大的。如今母亲是很有几件新衣服了，但她不穿。她说，都老太婆了，还分什么新的旧的。年轻时没穿过体面的，老了，更没那种要好的情绪了……

小胡同，大杂院，破住房，整日被穷困鞭笞得愁眉不展的母亲，窝窝头、野菜粥、补丁连补丁的衣服、露脚趾的鞋子……这一切构成我童年和少年时期的物质的内容。

那么精神的呢？想不起有什么精神的。却有过一些渴望——渴望有一个像样的铅笔盒，里面有几支新买的铅笔和一支书写流利的钢笔；渴望有一个像样的书包；渴望在过队日时穿一身像样的队服；渴望某一天一觉醒来睁开眼睛，惊喜地发现家住的破败的小泥土房变成了起码像种样子的房子。也就是起码门是门，窗是窗，棚顶是棚顶，四壁是四壁。而在某一隅，摆着一张小小的旧桌子，并且它是属于我的。我可以完全占据它写作业，学习……如果这些渴望都可以算是属于精神的，那么就是了。

小学三年级起我是"特困生""免费生"。初中一年级起我享受助学金，每学期三元五。现在回想起来似乎是不可思议的事情。每学期三元五，每个月七角钱。为了这每个月七角钱的助学金，常使我不知如何自我表现，才能觉得自己是一个够资格享受助学金的学生。那是一种很大的精神负担和心理负担，用今天时髦的说法——"活得累"。对于童年和少年时期的我，由于穷困所逼，学校和家都是缺少亮色和欢乐的地方……

回忆不过就是回忆而已，写出来则似乎便有"忆苦"的意味儿。我更想说的其实是这样两种思想——我们的共和国它毕竟在发展和发达着。咄咄逼人的穷困虽然仍在某些地方和地区存在着，但就大多数人而言，尤其在城市里，当年那一种穷困，毕竟是不普遍的了。如果恰恰读我这一篇短文的同学，亦是今天的一个贫家子弟，我希望他或她能产生这样的想法——梁晓声能从贫困的童年和少年度过到人生的中年，我何不能？我的中年，将比他的中年，还将是更不负年龄的中年呐！

一个人的童年和少年，十分幸福，无忧无虑，被富裕的生活所宠爱着，固然是令人羡慕的，固然是一件幸事。我祝愿一切下一代人，都有这样的童年和少年。

但是，如果一个人的童年和少年不是这样，也不必看成是一件很不幸的事。不必以为，自己便是天下最不幸的人了，更不必耽于自哀自怜。我的童年和少年，教我较早地懂了许多别的孩子尚不太懂的东西——对父母的体恤，对兄弟姐妹的爱心，对一切被穷困所纠缠的人们的同情，而不是歧视他们，对于生活负面施加给人的磨难的承受力，自己要求于自己的种种的责任感，以及对于生活里一切美好事物的本能的向往，和对人世间一切美好情感的珍重……

这些，对于一个人的一生，都是有益处的。也可以认为，是生活将穷困施加在某人身上，同时赏赐于某人的补偿吧。倘人不用心灵去吸取这些，那么穷困除了是丑恶，便对人生多少有点儿促进的作用都没有了……

愿人人都有幸福的童年和少年……

第四章

找个小院，看书喝茶，享人间清欢

阅读，让幸福之人更加幸福，让承受心灵之苦的人得以解脱，让孤独之人有力量抵御内心的孤独，让浮躁的心灵回归宁静，让智慧的人更加充满智慧！

我与唐诗宋词

　　信笔写出以上一行字，我犹豫良久，打算改——因为我对于唐诗、宋词半点儿学识也没有，只是特别喜欢罢了。单看那一行字，倒像我是一位专门研究唐诗、宋词的专家学者似的。转而一想，左不过就是一篇回忆性小文章的题目，而且，也比较地能概括内容，那么不改也罢。

　　当年我下乡的地方，属于黑龙江边陲的瑷珲县，是中苏边境地带。如果我们知青要回城市探家，必经一个叫"西岗子"的小镇。那镇真是小极了，仅百余户人家，散布在公路两侧，包括一家小旅店、一家小饭馆、一家小杂货铺和理发铺及邮局。"西岗子"设有边境地区检查站，过往行人车辆都须凭"边境通行证"，知青也不例外。

　　有一年我探家回兵团，由于没搭上车，不得不在"西岗子"的旅店住了一夜。其实，说是旅店，哪儿像旅店呢！住客一间屋，大通铺，一门之隔就是店主一家，老少几口。据说那人家是解放初剿匪烈士的家属，当地政府体恤和关爱他们，允许他们开小旅店谋生。按今天的说法，是"民宿"。

天黑后，我正要睡下，但听门那边有个男人大声喊："二××，瞎啦？你小弟又拉地上了，你没看见呀！快给他擦屁股，再把屎收拾了……"

于是一个十二三岁的小女孩儿，跑到我们住客这边的屋里来，掀起一角炕席，抄起一本书转身跑回门那边去了……书使我的眼睛一亮。那个年代，对于爱看书的青年，书是珍稀之宝。

一会儿小女孩儿又回到门这边，掀起炕席欲将书放在原处。我问："什么书啊？"

她摇摇头说："不知道，我不认识字。"

我又问："你刚才拿书干什么去呢？"

她眨着眼说："我小弟拉屎了，我撕几页替他擦屁股呀！"她那模样，仿佛是在反问——书另外还能干什么用呢？我说："让我看看行吗？"她就默默地将书递给了我。我翻看了一下，见是一本《唐诗三百首》，前后已都撕得少了十几页。那个年代中国有些造纸厂的质量不过关，书页极薄，似乎也挺适合擦小孩屁股的。我又是惋惜又是央求地说："给我行不？"她立刻又摇头道："那可不行。"——见我舍不得还她，又说，"你当手纸用几页行。"我继续央求："我不当手纸用，我是要看的，给我吧！"她为难地说："这我不敢做主呀！我们这儿的小杂货店里经常断了手纸卖，要给了你，我们用什么当手纸呢？住客又用什么当手纸呢……"

我猛地想到，我的背包里，有为一名知青伙伴从城市带回来的一捆成卷的手纸。便打开背包，取出一卷，商量地问："我用这一卷真正的手纸换行不了？"

她说："你包里那么多，你用两卷换吧！"于是我用两卷手纸换下了那一本残缺不全的《唐诗三百首》……第二天一早，我离开那小旅店时，女孩儿在门外叫住了我。"叔叔，我昨天晚上占你便宜了吧？"——不待我开口说什么，她将伸在棉袄衣襟里的一只小手抽了出来，手里竟拿着另一本书。她接着说："这一本书还没撕过呢，也给你吧！这样交换就公平了。我们家人从不占住客的便宜。"

我接过一看，见是《宋词三百首》。封面也破旧了，但毕竟还有封面，依稀可见一行小字是"中国传统文化丛书"。我深深地感动于小女孩儿的待人之诚，当即掏出一元钱给她，摸了她的头一下，迎着风雪大步朝公路走去……

回到连队，我与知青伙伴发生了一番激烈的争执——他认为那一本完整的《宋词三百首》理应归他，因为是用他的两卷手纸换的；我说才不是呢，用他的两卷手纸换的是那本残缺不全的《唐诗三百首》，而实际情况是，完整的《宋词三百首》是我用一元钱买下的……

如今想来，当年的争执很可笑。究竟哪一本算是用两卷手纸换的，哪一本算是用一元钱买下的，又怎么争执得清呢？

然而一个事实是——那一本残缺不全的《唐诗三百首》

和那一本完整的《宋词三百首》，伴我们度过了多少寂寞的日子，对我们曾很空虚过的心灵，起到了抚慰的作用……

当年，我竟也心血来潮写起古体诗词来：

轻风戏青草，黄蜂觅黄花。

春水一潭静，田蛙几声呱。

如今，《唐诗三百首》和《宋词三百首》已成我的枕边书。都是精装版本，内有优美插图。如今，捧读这两本书中的一本，每倏然地忆起西岗子，忆起那小女孩，忆起当年之事……

写作与语文

每自思忖，我之沉湎于读和写，并且渐成常习，经年又年，进而茧缚于在别人们看来单调又呆板的生活方式，主观的客观的原因自然是多方面的。

世上有懒得改变生活方式的人，我即此族同类。

但，我更想说的是，按下原因种种不提——我之爱读爱写，实在的，也是由于爱语文啊！

我是从小学三年级起开始偏科于语文的。在算术和语文之间，我认为，对于普通的小学三年级生，本是不太会有截然相反的态度的。普通的小学三年级生更爱上语文课，也许只不过因为算术课堂上没有集体朗读的机会。而无论男孩儿女孩儿，聚精会神背手端坐一上午或一下午，心理上是很巴望可以大声地集体朗读的机会的。那无疑是对精神疲惫的缓解。倘还有原因，那么大约便是——算术仅以对错为标准，语文的标准还联系着初级美学。每一个汉字的书写过程，其实都是一次结构美学的经验过程。而好的造句则尤其如此了……

记得非常清楚，小学三年级上学期的语文课本中，有一篇《山羊和狼》：山羊妈妈出门打草，临行前叮嘱三只小山羊，千万提防着被大灰狼骗开了门，妈妈敲门时会唱如下一支歌：

小山羊儿乖乖，把门儿开开，妈妈回来了，妈妈来喂奶……

那是我上学后将要学的第一篇有一个完整故事的课文。它是那么地吸引我，以至于我手捧新课本，蹲在教室门外看得入神。语文老师经过，她好奇地问我看的什么书？见是语文课本，眯起眼注视了我几秒，什么也没再说，若有所思地走了……

几天后她讲那篇课文，"我们先请一名同学将新课文的内容叙述给大家听！"接着她把我叫了起来。教室里一片肃静，同学们皆困惑，不知所以然。我毫无心理准备，一时懵懂，但很快就镇定了下来。普通的孩子对吸引过自己的事物，无论那是什么，都会显示出令大人们惊讶的记忆力。我几乎将课文一字不差地背了下来……同学们对我刮目相看了。那一堂语文课对我意义重大。以后我的语文成绩一直不错，更爱上语文课了。我认为，大人们——家长也罢，托儿所的阿姨也罢，小学或中学教师也罢，在孩子们成长的过程中，若善于发现其爱好，并以适当的方式提供良好的机会，使之得以较充分的表现，乃是必要的。一幅画，一次手工，一条好的造句，一篇作文，头脑中产生的一种想象，一经受到勉励，很可能促使人与文学，与艺术，与科学系成终生之结。

我对语文的偏好一直保持到初中毕业。当年我的人生理想是考哈尔滨师范学校，将来当一名小学语文老师。我的中学老师们和同学们几乎都知道我当年这一理想。"文革"斩断了我对语文的偏爱，于是习写成了我爱语文的继续。获全国小说奖的作家以后，我曾不无得意地作如是想——那么现在，就语文而言，我再也不必因自己实际上只读到初中三年级而自叹浅薄了！在我写作的前十余年始终有这一种得意心理。直至近年才意识到我想错了，语文学识的有限，每每直接影响我写作的质量。

运交华盖欲何求，未敢翻身已碰头。

我初三的语文课本中没有鲁迅那一首诗。当然也没谁向我讲解过，"华盖运"是噩运而非幸运。二十余年间我一直望文生义地这么以为——"罩在华丽帷盖下的命运"。也曾疑惑，运既达，"未敢翻身已碰头"句，又该作何解呢？却并不要求自己认认真真查资料，或向人请教，讨个明白。不明白也就罢了，还要写入书中，以其昏昏，使人昏昏。此浅薄已有刘迅同志在报上指出，此不啰唣。

读《雪桥诗话》，有"历下人家十万户，秋来都在雁声中"句，便又想当然地望文生义，自以为是凭高远眺，十万人家历历在目之境。但心中委实地常犯嘀咕，总觉得历历在目是不可以缩写为"历下"二字的。所幸同事中有毕业于北师大者，某日有兴，朗朗而诵，其后将心中困惑托出，虔诚就教。答曰："历下"乃指山东济南。幸而未引入写作中，令读者大跌眼镜……

儿子高二语文期中考试前，曾问我"身无彩凤双飞翼，心有灵犀一点通"出自何代诗人诗中？我肯定地回答："宋代翰林学士宋子京的《鹧鸪天》。"儿子半信半疑："爸你可别搞错了误导我呀！"我受辱似的说："呔，什么话！就将你爸看得那么学识浅薄？"于是卖弄地向儿子讲"蓬山不远"的文人情爱逸事：子京某日经繁台街，忽然迎面来了几辆宫中车子，闻一香车内有女子娇呼"小宋！"——归后心怅怅然，作《鹧鸪天》云：画毂雕鞍狭路逢，一声肠断绣帘中。身无彩凤双飞翼，心有灵犀一点通……

儿子始深信不疑。语文卷上果有此题，结果儿子丢了五分。我不禁嘿嘿然双手出汗。若是高考，五分之差，有可能改写了儿子的人生啊！众所周知，那当然是李商隐的诗句。子京《鹧鸪天》，不过引前人诗句耳。某日我在办公室中，有同事笑问近来心情，戏言曰：悲欣交集。两位同事，一毕业于师大；一先毕业于师大，后为电影学院研究生。听后连呼：高深了！高深了！……一时又不禁地疑惑，料想其中必有我不明所以的知识，遂究根问底。他们反问："真不知道？"我说："真的啊！别忘了我委实是不能和你们相比的呀，我才只有初三的语文程度啊！"于是告我——乃弘一法师圆寂前的一句话。

我至今也不知"华盖运"何以是噩运？

至今也不知"历下"何以是济南？

所谓知其一不知其二。虽也遍查书典，却终无所获。某日在北京电视台前遇老歌词作家，忍不住虚心就教，竟将前辈也问住了……

几年前，我还将"莘莘学子"望文生义地读作"辛辛"学子。

有次在大学里座谈，有"辛辛"之学子递上条子来纠正我。条子上还这么写着——正确的发音是 shēn，请当众读三遍。

我当众读了六遍。自觉自愿地多用拼音法读了三遍，从此不复再读错。

在相当长的时期，我仅知"耄耋"二字何意，却怎么也记不住发音。有时就这么想——唉，汉字也太多了，眼熟，不影响用就行了吧！

某次在中国妇女出版社一位编辑的陪同之下出差，机上忍不住请教之。但毕竟记忆力不像小学三年级时了，过耳即忘。空中两小时，所问四五次。发音是记住了，然不明白为什么汉字非用这一词形容八九十岁的老人？是源于汉字的象形呢？还是成词于汉字结构的组意？

三十五六岁后才从诗词中读到"稼穑"一词。

我爱读诗词，除了觉得比自言自语让人看着好些，还有一非常功利之目的——多识生字。没人教我这个只有初三语文程度的作家再学语文了，只有自勉自学了。

一个只有初三语文程度的人，能识多少汉字？不过三千多吧？从前以为，凭了所识三千多汉字，当作家已绰绰有余了吧。我不是已当了不少年的作家，写了几百万字的小说了嘛！

如今则再也不敢这么以为了。三千多汉字，比经过扫盲的人识的字多不到哪儿去呀。所读书渐多，生词陌字也便时时入眼，简直就不敢不自知浅薄。

望文生义，最是小学生学语文的毛病。因为小学生尚识字不多，见了一半认得、一半不认得的字，每蒙着读，猜着理解。这在小学生不失为可爱，毕竟体现着一种学的主动。大抵的，那些字老师以后还会教到，便几乎肯定有纠正错谬的机会。但到了中学高中，倘还有此毛病，则也许渐成习惯。一旦成为习惯，克服起来就不怎么容易了。并且，会有一种特别不正常的自信，仿佛老师竟那么教过，自己也曾那么学过，遂将错谬在头脑之中误认为正确。倘周围有认真之人，自也有机会被纠正；倘并非如此幸运，那么则也许将错谬当正确，错上几年，十几年，乃至二十几年矣……

"悖论"的"悖"字，我读为"勃"音，大约有三年之久。我中学时当然没学过这个字。而且，我觉得，"悖论"一词，似乎是在"文革"结束以后，八十年代初，才在中国的报刊和中国人的话语中渐被频繁"启用"。也许是因为，中国人终于敢公开地论说悖谬现象了。我是偶尔从北京教育电视台的高中语文辅导节目中知道了"悖"字的正确发音的。

某日我问一位在大学做中文系教授的朋友："我常将'悖论'说成'勃论'，你是否听到过？"他回答："在几次座谈会上听到你发言时那么说。"又问："何以不纠正？"回答："认为你在冷幽默，故意那么说的。"再问："别人也像你这么认为的？"回答："想必是的吧？要不怎么别人也没纠正过你呢？你一向板着脸发言，谁知你是真错还是假错？"

我也不仅在语文基础知识方面浅薄到这种地步，在历史常识方面同样地浅薄。记不得在我自己的哪一篇文章中了，我谈到哥白尼坚持"日心说"被宗教势力处以火刑……有读者来信纠正我——被处以火刑的非哥白尼，而是布鲁诺……我不信自己在这一点上居然会错，偷偷翻儿子的历史课本。我对中国历史上王朝更替，皇室权谋，今天你篡位，明天我登基的事件，一点儿也不能产生中国许多男人产生的那种大兴趣。一个时期电视里的清代影视多得使我厌烦，屏幕上一出现黄袍马褂我就脑仁儿疼。但是为了搞清那些令我腻歪的皇老子皇儿皇孙们的关系，我每不惜时间陪母亲看几集，并向母亲请教。老人家倒是能如数家珍一一道来。中国的王朝历史真真可恨之极，它使那么多一代又一代的中国人，包括我母亲这样的"职业家庭妇女"，直接地将"历史"二字就简单地理解为皇族家史了……

一个实际上只有初中三年级文化程度的男人成了作家，就一个男人的人生而言，算是幸事；就作家的职业素质而言，则是不幸吧？起码，是遗憾吧？……写作的过程迫使我不能离开书，要求我不断地读、读、读……读的过程使我得以延续初中三年级以后的语文学习……我是一个大龄语文自修生。

一篇大作品

《大围巾》这篇美国当代短篇小说，是犹太女作家辛茜娅·奥齐克写的。我是七八年前从中国文联出版公司出版的《美国当代获奖小说选》中读到它的，该书是由冯亦代、郑之岱两位先生编译的。七八年间，每当我想到短篇小说究竟可以"说"些什么的问题，便不由得联想到《大围巾》……

辛茜娅·奥齐克是位多产的小说家兼文学评论家，同时还是翻译家。在美国各大报刊发表大量的散文，诗歌，评论及译作。多次获得过美国文学奖。迄今三次荣获欧·亨利短篇小说头等奖，以及代表美国最高文学荣誉的美国文学艺术院奖。关于她，冯亦代、郑之岱两位先生仅在书中介绍了这么多，那么我也只能间接地告诉读者们这么多……

这篇小说，可以被看成是一个完整的故事——一位中年的犹太母亲，和她的大小两个女儿之间所发生的故事。

大女儿丝蒂拉十四岁，小女儿玛格达才十五个月。妹妹玛格达还在吃奶的年龄，但是母亲没有奶。母亲和姐姐丝蒂拉也没有什么可吃的，她们忍受饥饿靠的是惊人的耐力，和消耗自身，她们早已瘦得皮包骨。丝蒂拉"两只膝盖皮包骨头像是两根长了瘤子的棍子，胳膊细得像枯干的鸡骨"。母亲"罗莎本人反而不知饥饿，她只觉得轻飘飘的，不像一个踩着地面行走的人，她晕晕乎乎，不时神情恍惚，间或抽搐颠踬……她步履蹒跚，身子摇摇晃晃，却不时用细瘦的手指掀开大围巾的褶子，偷偷看一下怀中的婴儿……"

那么"小东西"玛格达靠什么活着呢？最后她只能吮出母亲干裂的毫无奶汁的乳头"咬住大围巾的一角，用它代替乳头。她吸了又吸，拼命地吮嗫，大围巾的流苏被唾沫润湿，只因它已浸满了乳香，才成为一片代乳的亚麻……"

十四岁的丝蒂拉嫌恶这是自己妹妹的"小东西"，因为她浑身冷极了，想要那大围巾裹着身体……

而大围巾对于妹妹而言却成了母体的一部分，成了等于母亲的两只乳房的东西……

这篇小说也可以被看作一篇特写，一节片段——德军押解一批犹太人去往某集中营的片段。

最后玛格达还是死了，因为丝蒂拉终于抢走了那条围巾。饥饿，寒冷，已经使母女三人忘却了怜悯。丝蒂拉甚至在暗暗期待着妹妹早点儿死去，"这样就可以在她腿上大嚼起来"。

玛格达不是饿死的，是由于被姐姐抢走了大围巾，继而被德军士兵发现，举起来摔在电网上……

小说的结尾，是极其令人震颤的。

关于它的主题，它通篇沉甸甸的分量，读者读后自有感受，无须我再赘言。

一篇几千字的小说，能写得通篇沉甸甸的，沉得仿佛每一个字都是铅铸的；能使人想到战争、法西斯主义、母爱、人性、亲情的泯灭和扭曲；能使人读得屏息敛气并激起最强烈的憎恨和诅咒……就我所读到过的短篇小说而言，《大围巾》是最具特色也最出色的了。它是那种只要你读过它，你就终生再也不会忘记它的小说。一位作家，一生能写出几篇如此这般的很"大"的短篇，那也就真的不枉是作家了。我真是这样想的……

晚秋读诗

我知道，那也许是今年最后的一场秋雨。傍晚时分，急骤的雨点儿如一群群黄蜂，齐心协力扑我刚擦过的家窗。似乎那么的仓惶，似乎有万千鸟儿蔽天追啄，于是错将我家当成安全的所在，欲破窗而入躲躲藏藏。又似乎集体地怀着种愠怒，仿佛我曾做过什么对不起它们的事，要进行报复。起码，弄湿我的写字桌，以及桌上的书和纸……

春雨斯文又缠绵，疏而纤且渺漫迷濛。故唐诗宋词中，每用"细"字形容，每借花草的嫩状衬托。如"随风潜入夜，润物细无声"句；如"东风吹雨细如尘"句；如"天街小雨润如酥"句……而我格外喜欢的，是唐朝诗人李山甫"有时三点两点雨，到处十枝五枝花"句，将春雨的斯文缠绵写到了近乎羞涩的地步，将初蕾悄绽为新花的情景，也描摹得那么的春趣盎然，于不经意间用朴素得不能再朴素的文字醇出了一派春醉。

夏雨最多情。如同曾与我们海誓山盟过的一个初恋女子，"情绪"浪漫充沛又任性。"旅行"于东西南北地，过往于六七八月间，每踏雷而来，每乘虹而去。我们思想它时，它却不知云游何处，使我们仰面于天望眼欲穿，企盼有一大朵积雨云从天际飘至；而我们正喜悦于晴日的朗丽之际，倏忽间雷声大作，乌云遮空。于是"天外黑风吹海立，浙东飞雨过江来"。阵雨是夏雨猝探我们的惯常方式。它似乎总是一厢情愿地以此方式表达对我们的牵挂。它从不认为它这种方式带有滋扰性，结果我们由于毫无心理准备，每陷于不知所措，乍惊在心头，呆愕于脸上的窘境。几乎只夏季才有阵雨。倘它一味儿恣肆地冲动起来，于是"雷声远近连彻夜，大雨倾盆不终朝"；于是"黑云翻墨未遮山，白雨跳珠乱入船"；于是"惊风乱飐芙蓉水，密雨斜侵薜荔墙"，烦得我们一味儿祈祷"残虹即刻收度雨，呆呆日出曜长空"。

　　当然夏雨也有彬彬而至之时。斯时它的光临凭添了夏季的美好。但见"千里稻花应秀色，五更桐叶最佳音"。它彬彬而至之时，又几乎总是在黄昏或夜晚，仿佛宁愿悄悄的来，无声的去。倘来于黄昏，则"墙头细雨垂纤草，水面风回聚落花"；则江边"雨洗平沙静，天衔阔岸纤"，可观"半截云藏峰顶塔"，望"两来船断雨中桥"。则庭中"落花人独立，微雨燕双飞"，可闻"过雨荷花满院香"，"青草池塘处处蛙"；可觉"墙头语鹊衣犹湿"，"夏木阴阴正可人"。而山村则"罗汉松遮花里路，美人蕉错雨中椴"。

倘来于夜晚，则"楼外残雷气未平"，则"雨中草色绿堪染"。于是翌日的清晨，虹销雨霁，彩彻云衢，朝霞半缕，网尽一夜风和雨，使人不禁地想说——真好天气！

秋雨凄冷澹寒，易将某种不可言说的伤感，一把把地直往人心里揣。仿佛它竟是耗尽了缠绵的春雨，虚抛了几番番浪漫和激情的夏雨，憔悴了一颗雨的清莹之魂，心曲盘桓，自叹幽情苦绪何人知？包罗着万千没结果的苦恋所生的委屈和哀怨，欲说还休欲说还休，于是只有一味儿哭泣，哭泣……使老父老母格外地惦念儿女；使游子格外地思乡想家；使女人悟到应变得更温柔，以安慰男人的疲惫；使男人油然自省，忏悔和谴责自己曾伤害过女人心地的行为……

床前明月光，疑是地上霜。
举头望明月，低头思故乡。

一场秋雨一场寒，十场秋雨换上棉。在秋风萧刹、秋雨凄凄的日子里，人心除了伤感，其实往往也会变得对生活，对他人，包括对自己，多一份怜惜和爱护之情。因为可能正是在第二天的早晨，霜白一片雨变冰。于是不日"才见岭头云似盖，已惊岩下雪如尘"。

秋风先行，但见"落叶西风时候，人共青山都瘦"。秋风仿佛秋雨的长姐，其行也匆匆，其色也厉厉。扯拽着秋雨，仿佛要赶在"溪深难受雪，山冻不留云"的冬季之前，向人间替秋雨讨一个说法。尽管秋雨的哀怨，完全是它雨魂中的特征，并非是人委屈于它或负心于它的结果。

秋风所至，"萧瑟兮草木摇落而变衰"。直吹得"只有一枝梧叶，不知多少秋声"；直吹得"秋色无远近，出门尽寒山"；直吹得"多少绿荷相倚恨，一时回首背西风"。

在寒秋日子里，读如此这般诗句，使人不禁地惜花怜树，怪秋风忒张狂。恨不能展一床接天大被，替挡秋风的直接袭击。但是若多读唐诗宋词，也不难发现相反意境的佳篇。比如宋代诗人杨万里的《秋凉晚步》：

> 秋气堪悲未必然，轻寒正是可人天。
> 绿池落尽红蕖却，荷叶犹开最小钱。

家居附近自然无荷塘，难得于入秋的日子，近睹荷花迟开的胭红本色，以及又有多么小的荷叶自水下浮出，翠翠的仍绿惹人眼。一日散步，想起杨万里的诗，于是蹲在草地，抚开一片亡草的枯黄，蓦地，真切切但见有嫩嫩芊芊的小草，隐蔽地悄生悄长！想必是当年早熟的草籽落地，便本能地生根土中，与节气比赛着，抓紧时日体现出植物的生命形式。寒冬是马上就要来临了。那一茎茎嫩嫩芊芊的小草，其生其长还有什么意义呢？我不禁替它们惆怅。晚秋的阳光，呼着节气最后的些微的暖意普照园林。刚一起身，顿觉眼前有什么美丽的东西漫舞而过。定睛看时，呀，却是一双小小彩蝶。它们小得比蛾子大不了多少。然而的确是一双彩蝶，而非蛾子。颜色如刚孵出的小鸡，灿黄中泛着青绿，翅上皆有漆黑的纹理和釉蓝的斑点儿。

斯时满园林"是处红衰翠减"，风定秋空澄净。一双小小彩蝶，就在那暖意微微的晚秋阳光中，翩翩漫漫，忽上忽下，作最后的伴飞伴舞……

我一时竟看得呆了。

冬季之前，怎么还会有蝶呢？

难道它们和那些小草一样，错将秋温误作春暖，不合时宜地出生了吗？

它们也要与节气比赛似的，也仿佛要抓紧最后的时日，以舞的方式，演绎完它们千古流传的爱情故事。而且，分明的，要尽量在对舞中享受是蝶的生命的浪漫……

我呆望它们，倏忽间，内心里倍觉感动。

"最是秋风管闲事，红他枫叶白人头"——人在节气变化之际所容易流露的感伤，说到底，证明人是多么容易悲观的啊！这悲观虽然不一定全是做作，但与那小草、小蝶相比，不是每每诉说了太多的自哀自怜吗？

这么一想，心中秋愁顿时化解，一种乐观油然而生。我感激杨万里的诗。感激那些嫩嫩芊芊的小草和那一双美丽的小蝶，它们使我明白：人的心灵，永远应以人自己的达观和乐观来关爱着才对的啊……

我热爱读书

读书，不，更准确地说，所谓"读"这一种习惯，对我已不啻是一种幸福。这幸福就在日子里，在每一天的宁静的时光里。不消说，人拥有宁静的时光，这本身便是幸福。而宁静的时光因阅读会显得尤其美好。

我的宁静之享受，常在临睡前，或在旅途中。每天上床之后，枕旁无书，我便睡不着，肯定失眠。外出远足，什么都可能忘带，但书是不会忘带的。书是一个囊括一切的大概念。我最经常看的是人物传记，散文，随笔，杂文，文言小说之类。《读书》《随笔》《读者》《人物》《世界博览》《奥秘》都是我喜欢的刊物，是我的人生之友。前不久，友人开始寄我《世界警察》，看了几期，也喜爱起来。还有就是目前各大报的"星期刊""周末版"或副刊。

要了解我所生活的城市，大而至于我们这个国家，我们这个地球，每天正发生着什么事，将要发生什么事，仅凭晚上看电视里的"新闻"，自然是远远不够的。"秀才不出门，便知天下事"，是所谓"秀才"聊以自慰自夸的话，或者是别人们对"秀才"们的揶揄。不过在现代社会里，传播媒介如此之丰富，如此之发达，对于当代人来说，不出门而大致地知道一些"天下事"，也是做得到的。

知道了又怎样？

知道了会丰富了我对世界的认识。而这种认识，于我——一个以写作为职业的人来说，则是相当重要的。妄谈对世界的认识，似乎口气太大了，那么就说对周遭生活的认识吧。正是通过阅读，我感觉到周遭生活之波有时汹涌澎湃，有时潜流涡旋，有时微波涌荡……

当然，这只是阅读带给我的一方面的兴致。另一方面，通过阅读，我认识了许许多多的人，仿佛每天都有新朋友。我敬爱他们，甘愿以他们为人生的榜样。同时也仿佛看清了许多"敌人"，人类的一切公敌——人类自身派生出来的到自然环境中对人类起恶影响的事物，我都视为敌人。这一点使我经常感到，爱憎分明于一人是多么重要的品质。

创作之余，笔滞之时，我会认真地读一会儿文学期刊。若读的正是一篇佳作，便会一口气读完。不管作者认识与否，都会产生读了一篇佳作的满足感。倘是作家朋友们写的，是生活在同一座城市的人，又常忍不住拨电话，将自己读后的满足，传达给对方。这与其说是分享对方的喜悦，莫如说是希望对方分享我的喜悦。

倘作者是外地的，还常会忍不住给人家写一封信去。

读，实在是一种幸福。

最后我想说，与我的中学时代相比，现在的中学生，似乎太被学业所压迫了。我的中学时代，是苦于无书可读。买书是买不起的，尽管那时书价比现在便宜得多。几个同学凑了七八分钱，到小人书铺去看小人书。这是永远值得回忆的往事了。现在的中学生们，可看的太多了，却又陷入选择的迷惘，并且失去了本该拥有的时间。生活也真是太苛刻了！

我挺怜悯现在的中学生的。

我真同情我的中学生朋友们。

爱读的人们

我曾以这样一句话为题写过一篇小文——"读，是一种幸福。"我曾为作家这一种职业作出过我自己所理想的定义——"为我们人类古老而良好的阅读习惯服务的人。"我也曾私下里对一位著名的小说评论家这样说过——"小说是培养人类阅读习惯的初级读本。"我还公开这样说过——"小说是平凡的。"现在，我仍觉得——读，对于我这样一个具体的，已养成了阅读习惯的人，确乎的是一种幸福。而且，将是我一生的幸福。对于我，电视不能代替书，报不能代替书，上网不能代替阅读，所以我至今没有接触过电脑。

站在我们所处的当代，向历史转过身去，我们定会发现——读这一种古老而良好的习惯，百千年来，曾给万亿之人带来过幸福的时光。万亿之人从阅读的习惯中受益匪浅。历史告诉我们，阅读这件事，对于许许多多的人曾是一种很高级的幸福，是精神的奢侈。书架和书橱，非是一般人家所有的家具。书房，无论在西方还是东方，乃富有家庭的标志，尤其是西方贵族家庭的标志。

而读，无论对于男人或女人，无论对于从前的、现在的，抑或将来的人们，都是一种优雅的姿势，是地球上只有人类才有的姿势。一名在专心致志地读着的少女，无论她是坐着读还是站着读，无论她漂亮还是不漂亮，她那一时刻都会使别人感到美。保尔去冬妮娅家里看她，最羡慕的是她家的书房，和她个人的藏书。保尔第一次见到冬妮娅的母亲，那林务官的夫人便正在读书。而苏联拍摄的电影《保尔·柯察金》中有一个镜头——黄昏时分的阳光下，冬妮娅静静地坐在后花园的秋千上读着书……那样子的冬妮娅迷倒了当年中国的几乎所有青年。

因为那是冬妮娅在全片中最动人的形象。

读有益于健康，这是不消说的。

一个读着的人，头脑中那时别无他念，心跳和血流是极其平缓的，这特别有助于脏器的休息，脑神经那一时刻处于愉悦状态。

一教室或一阅览室的人都在静静地读着，情形是肃穆的。

有一种气质是人类最特殊的气质，所谓"书卷气"。这一种气质区别于出身、金钱和权力带给人的什么气质，但它是连阔佬和达官显贵们也暗有妒心的气质。它体现于女人的脸上，体现于男人的举止，法律都无法剥夺。

但是如果我们背向历史面向当今，又不得不承认，仍然以读为一种幸福的男人和女人，在全世界都大大地减少了。印刷业发达了，书刊业成为"无烟工业"。保持着阅读习惯的人也许并没减少，然而闲适之时，他们手中往往只不过是一份报了。

我不认为读报比读书是一种幸福。

或者，一位老人饭后读着一份报，也沉浸在愉悦时光里。但印在报上的文字和印在书上的文字是不一样的。对于前者，文字只不过是报道的工具；对于后者，文字本身即有魅力。

世界丰富多彩了，生活节奏快了，人性要求从每天里分割出更多种多样的愉悦时光。而这是人性合理的要求。

读，是一种幸福——这一人性感觉，分明地正在成为人类的一种从前感觉。

我言小说是培养人类阅读习惯的初级读本，并非自己写着小说而又非装模作样地贬低小说。我的意思是，一个人的阅读习惯往往是从读小说开始的。其后，他才去读史，读哲，读提供另外多种知识的书。

我言小说是平凡的，这句话欠客观。因为世界上有些小说无疑是不平凡的，伟大的。有些作家倾其毕生心血，留给后人一部《红楼梦》式的经典，或《人间喜剧》那样的皇皇巨著，这无论如何不应视为一件平凡的事情。这些丰腴的文学现象，也可以说是人类经典的文学现象。经典就经典在同时产生从前那样一些经典作家。

但是站在当今看以后，世界上不太容易还产生那样一些经典作家了。诺贝尔文学奖的质量和获奖作家的分量每况愈下，间接地证明着此点。然而能写小说能出版自己的书的人却空前地多了。也许从严格的意义上讲这些人不能算作家，只不过是写过小说的人。但小说这件事，却由此而摆脱神秘性，以俗常的现象走向了民间，走向了大众。于是小说的经典时代宣告瓦解，小说的平凡时代渐渐开始……

我这篇文字更想谈的，却并非以上内容。其实我最想谈的是——在当今，仍保持着阅读的习惯并喜欢阅读的人群有哪些？在哪里？这谁都能扳着手指说出一二三四来，但有一个地方，有那么一种人群，也许是除了我以外的别人们很难知道的。那就是——精神病院。那就是——精神病患者人群。当然，我指的是较稳定的那一种。

是的，在精神病院，在较稳定的精神病患者人群中，阅读的习惯不但被保持着，而且被痴迷着。是的，在那里，在那一人群中，阅读竟成为如饥似渴的事情，带给着他们接近幸福的时光和感觉。这一发现使我大为惊异，继而大为感慨，又继而大为感动。相比于当今精神正常的人们对阅读这件事的不以为然。不屑一顾，我内心顿生困惑——为什么偏偏是在精神病院里？为什么偏偏是在精神病患者人群中？我百思不得其解。

家兄患精神病三十余年。父母先后去世后，我将他接到北京，先雇人照顾了一年多，后住进了北京某区一家精神病托管医院。医护们对家兄很好，他的病友们对他也很好。我心怀感激，总想做些什么表达心情。

于是想到了书刊。我第一次带书刊到医院，引起一片惊呼。当时护士们正陪着患者们在院子里"自由活动"。"书！书！""还有刊物！还有刊物！"……顷刻，我拎去的三大塑料袋书刊，被一抢而空。

患者们如获至宝，护士们也当仁不让。医院有电视，有报。看来，对于那些精神病患者们，日常仅仅有电视有报反而不够了，他们见了书见了刊眼睛都闪亮起来了。而在医院的外面，在我们许多正常人的生活中，恰恰相反的，似乎仅仅有电视有报就足矣了。而且，我们许多正常人的文化程度，普遍是比他们高的。他们中仅有一名硕士生，还有一名进了大学校门没一年就病了的，我的哥哥。

我当时呆愣在那儿了。因为决定带书刊去之前，我是犹豫再三的，怕怎么带去怎么带回来。精神病人还有阅读的愿望吗？事实证明他们不但有，竟那么强烈！后来我每次去探望哥哥，总要拎上些书刊。后来我每次离开时，哥哥总要叮嘱："下次再多带些来！"我问："不够传阅吗？"哥哥说："那哪够！一拿在自己手里，都舍不得再给别人看了。下次你一定要多带些来！"患者们，往往也会聚在窗口门口朝我喊："谢谢你！""下次多带些来！"那时我的眼眶总是会有些湿，因他们的阅读愿望，因书和刊在精神病院这一种地方的意义。

我带去的书刊，预先又是经过我反复筛选的。因为他们是精神病患者，内容往往会引起许多正常人兴趣的书刊，如渲染性的、色情的、暴力的、展览人性丑恶及扭曲程度的、误导人偏激看待人生和社会的，我绝不带去。

我带给那些精神病患者的，皆是连家长们都可以百分百放心地给少男少女们看的书和刊。而且，据我想来，连少男少女们也许都不太会有兴趣看。

正是那样的一些经过我这个正常的人严格筛选的书和刊，对于那些精神病患者，成为高级的精神食粮。而这样的一切书和刊，尤其刊，一过期，送谁谁也不要。所以我从前每打了捆，送给传达室朱师傅去卖。

我这个正常之人在我们正常人们的正常社会，曾因那些书和刊的下场多么的惋惜啊！现在，我终于为它们在精神病院这一种地方，安排了一种倍受欢迎的好命运。我又是多么的高兴啊！由精神病院，我进而联想到了监狱。或者在监狱，对于囚犯们，它们也会备受欢迎吧！书和刊以及其中的作品文章，在被阅读之时，也会带给囚犯们平静的时光，也会抚慰一下他们的心灵，陶冶一下他们的性情吧？

谁能向我解释一下，精神病患者们竟比我们精神病院外的精神正常的人们，更加喜欢阅读这一件事情——因而证明他们当然是精神病患者，抑或证明他们的精神在这一点上与我们精神正常的人们差不多地正常！

阿门，喜欢阅读的精神病患者们啊，我是多么地喜欢你们！也许，因为我反而与你们在精神上更其相似着？

第五章

听风八百遍，
才知是人间

岁月无语，却总是在消散一些东西，
唯有此时此刻最值得珍惜。

"过年"的断想

　　我曾问儿子："是不是经常盼着自己快快长大？"

　　他摇头断然地回答："不！"

　　我也曾郑重地问过他的小朋友们同样的话，他们都摇头断然地回答并不盼着自己快快长大，说长大了多没意思哇。现在才是小学生，每天上学就够累了，长大了每天上班岂不更累了？连过年过节都会变成一件累事儿。多没劲啊！瞧你们大人，年节前忙忙碌碌的。年节还没过完往往就开始抱怨——仿佛是为别人忙碌为别人过的……

　　是的，生活在无忧无虑环境之中的孩子是不会盼着自己快快长大的。他们本能地推迟对任何一种责任感的承担。而一个穷人家庭里的孩子，却会像盼着穿上一件新衣服似的，盼着自己早一天长大。他们或她们，本能地企望能早一天为家庭承担起某种责任。《红灯记》里的李玉和，不是曾这么夸奖过女儿么——提篮小卖拾煤渣，担水劈柴也靠她，里里外外一把手，穷人的孩子早当家。

我从童年起，就是一个早当家的穷人的孩子。

有时我瞧着自己的儿子，在心里默默地问我自己：我十二岁的时候，真的每天要和比我小两岁的弟弟到很远的地方去抬水吗？真的每天要做两顿饭吗？真的每个月要拉着小板车买一次煤和烧柴吗？那加在一起可是五六百斤啊！在做饭时，真的能将北方熬粥的直径两尺的大铁锅端起来吗？在买了粮后，真的能扛着二三十斤重的粮袋子，走一站多路回到家里吗……

连我自己也不敢相信，残存在记忆之中的童年和少年时期的生活情形都是真的。而又当然是真的，不是梦……

由于家里穷，我小时候顶不愿过年过节。因为年节一定要过，总得有过年过节的一份儿钱。不管多少，不比平时的月份多点儿钱，那年那节可怎么个过法呢？但远在万里之外的四川工作的父亲，每个月寄回家里的钱，仅够维持最贫寒的生活。我从很小的时候就懂得体恤父亲，他是一名建筑工人。他这位父亲活得太累太累，一个人挣钱，要养活包括他自己在内一大家子七口人。他何尝不愿每年都让我们——他的子女，过年过节时都穿上新衣裳，吃上年节的饭菜呢？我们的身体年年长，他的工资却并不年年涨。他总不能将自己的肉割下来，血灌起来，逢年过节寄回家呵。如果他是可以那样的，我想他一定会那样。而实际上，我们也等于是靠他的血汗哺养着……

穷孩子们的母亲，逢年过节时是尤其令人怜悯的。这时候，人与鸟兽相比，便显出了人的无奈。鸟兽的生活是无年节之分的，故它们的母亲也就无须在某些日子将来临时，惶惶不安地日夜想着自己格外应尽什么义务似的。

我讨厌过年过节完全是因为看不得母亲不得不向邻居借钱时，必须鼓起勇气又实在鼓不起多大勇气的样子。那时母亲的样子最使我心里暗暗难过，我们的邻居也都是些穷人家。穷人家向穷人家借钱，尤其逢年过节，大概是最不情愿的事之一。但年节客观地横现在日子里，不借钱则打发不过去。当然，不将年节当成年节，也是可以的。但那样一来，母亲又会觉得太对不起她的儿女们。借钱之前也是愁，借钱之后仍是愁，借了总得还的。总不能等我们都长大了，都挣钱了再还。母亲不敢多借，即或是过春节，一般总借二十元。有时邻居们会善良地问够不够，母亲总说："够！够……"许多年的春节，我们家都是靠母亲借的二十元过的。二十元过春节，在今天看来仿佛是不可思议之事。当年也真难为了母亲……

记得有一年过春节，大约是我上初中一年级十四岁那一年，我坚决地对母亲说："妈，今年春节，你不要再向邻居们借钱了！"

母亲叹口气说："不借可怎么过呢？"

我说："像平常日子一样过呗！"

母亲说："那怎么行？你想得开，还有你弟弟妹妹们呢！"

我将家中环视一遍，又说："那就把咱家这对破箱子卖了吧！"

那是母亲和父亲结婚时买的一对箱子。

见母亲犹豫，我又补充了一句："等我长大了，能挣钱了，买更新的，更好的！"

母亲同意了。

第二天，母亲帮我将那一对破箱子捆在一只小爬犁上，拉到街市去卖。从下午等到天黑，没人买。我浑身冻透了，双脚冻僵了。

后来终于冻哭了，哭着喊："谁买这对儿箱子啊……"

我将两只没人买的破箱子又拖回了家。一进家门，我扑入母亲怀中，失声大哭……

母亲也落泪了。母亲安慰我："没人买更好，妈还舍不得卖呢……"

母亲告诉我，她估计我卖不掉，已借了十元钱。不过不是向同院的邻居借的。而是从城市这一端走到那一端，向从前的老邻居借的，向我出生以前的一家老邻居借的……

如今，我真想哪一年的春节，和父母弟弟妹妹聚在一起，过一次春节，而父亲已经去世了。母亲牙全掉光了，什么好吃的东西也嚼不动了，只有看着的份儿。弟弟妹妹们已都成家了，做了父母了。往往针对我的想法说："哥你又何必分什么年节呢！你什么时候高兴团聚，什么时候便当是咱们的年节呗！"

是啊，毕竟，生活都好过些，年节的意义，对大人也就不那么重要了。

　　所以，我现在也就不太把年当年，把节当节了，正如从来不为自己过生日。便是有所准备的过年过节，多半也是为了儿女高兴……

看自行车的女人

想为那个看自行车的女人写下篇文字的念头，已萌生在我心里很久了。事实上我也一直觉得还会见到她，果而那样，我就不写她了。却再也没见到，北京太大，存自行车的地方太多，她也许又到别处做一个看自行车的女人去了。或者，又受到什么欺辱，憋屈无人可诉，便回家乡去了？总之我没再见到过她……

而我第一次见到她，是在北京一家牙科医院前边的人行道上：一个胖女人企图夺她装钱的书包，书包的带子已从她肩头滑落，搭垂在她手臂上。她双手将书包紧紧搂于胸前，以带着哭腔的声音叫嚷着："你不能这样啊，你不能这样啊，我每天挣点儿钱多不容易啊……"

那绿色的帆布的书包，看去是新的。我想，她大约是为了她在北京找到的这一份看自行车的工作才买的。从前的年代，小学生们都背着那样的书包上学。现在，城市里的小学生早已不背那样的书包了，偶尔可见摆地摊的街头小贩还卖那样的书包，一种赖在大城市消费链上的便宜货。看自行车的女人四十余岁，身材瘦小，脸色灰黄。她穿着一套旧迷彩服，居然的，还戴着一顶也是迷彩的单帽，而足下是一双带扣绊儿的旧布鞋，没穿袜子，脚面晒得很黑。那一套迷彩服，连那一顶帽子，当然都非正规军装。

地摊上也有卖的，拾元钱可以都买下来。总之，她那么一种穿戴，使她的模样看去不伦不类，怪怪的。单帽的帽舌卡得太低，压住了她的双眉。帽舌下，那看自行车的女人的两只眼睛，呈现着莫大而又无助的惊恐。

我从围观者们的议论中听明白了两个女人纠缠不休的原因：那身高马大的胖女人存上自行车离开时，忘了拿放在自行车筐里的手拎袋，匆匆地从医院里跑回来找，却不见了，丢了。她认为看自行车的外地女人应该负责任。并且，怀疑是被看自行车的外地女人藏匿了起来。

"我包里有三百元钱，还有手机，你'丫挺'的敢说你没看见！难道我讹你不成么……"

胖女人理直气壮。

看自行车的女人可怜巴巴地说："我确实就没看见嘛！我看的是自行车，你丢了包儿也不能全怪我……你还兴许丢别处了呢……""你再这样说我抽你！"胖女人一用力，终于将看自行车的女人那书包夺了去，紧接着将一只手伸入包里去掏，却只不过掏出了一把零钱。五六十辆一排自行车而已，一辆收费两毛钱，那书包里钱再怎么多，也多不过十几元啊。

"哐当"的一声，一只小瓷铁碗抛在看自行车的女人脚旁，抢夺者骑上自己的自行车，带着装有十几元零钱的别人的书包，扬长而去。我想，那与其说是经济的补偿，毋宁说更是图一种心理平衡的行为。我居京二十余年，第一次听一个北京的中年妇女口中说出"丫挺"二字。我至今对那二字的意思也不甚了了，但一直觉得，无论男女，无论年龄，口中一出此二字，其形其状，顿近痞邪。

看自行车的女人，追了几步，回头看着一排自行车，情知不能去追，也情知是追不上的，慢慢走到原地，捡起自己的小瓷铁碗，瞧着发愣。忽然，头往身旁的大树上一抵，呜呜哭了。那单帽的帽舌，压折在她的额和树干之间……

我第二次见到她，是在北京的一家书店门外。那家书店前一天在晚报上登了消息，说第二天有一批处理价的书卖。我的手，和一只女人的黑黑瘦瘦的手，不期然地伸向了同一本书——《英汉对照词典》。我一抬头，认出了对方正是那个看自行车的女人，不由得将伸出的手缩了回来。我家小阿姨莲花嘱我替她捎买一本那样的书，不知那看自行车的女人替什么人买。看自行车的女人那天没再穿那套使她的样子不伦不类的迷彩服，也没戴迷彩单帽，而穿了一身洗得干干净净的蓝布衫裤。我的手刚一缩回，她赶紧地将那一本书拿起在手中，急问卖书人多少钱。人家说二十元，她又问十五元行不行？人家说一本新的要卖四十元呢！你买不买？不买干脆放下，别人还买呢！看自行车的女人就将一种特别无奈的目光望向了我，她的手却仍不放那词典。我默默转身走了。

　　我听到她在背后央求地说："卖给我吧，卖给我吧，我真的就剩十五元钱了！你看，十五元六角，兜里再一分钱也没有了！我不骗你，你看，我还从你们这儿买了另外几本书那……"

　　又听卖书的人好像不情愿似的："行行行，别啰唆了，十五元六拿去吧！"

　　……

　　后来，那女人又在一家商场门前看自行车了。一次，我去那家商场买蒸锅，没有大小合适的，带着的一百元钱也就没破开。取自行车时，我没想到看自行车的人会是她，歉意地说："忘带存车的零钱了，一百元你能找得开吗？"我那么说时表情挺不自然，以为她会朝不好的方面猜度我。因为一个人从商场出来，居然说自己兜里连几角零钱都没有，不大可信的。她望着我愣了愣，似乎要回忆起在哪儿见过我，又似乎仅仅是由于我的话而发愣。也不知她是否回忆起了什么，总之她一笑，很不好意思地说："那就不用给钱了，走吧走吧！"

　　她当时那笑，给我留下很深的印象。我们许多人，不是已被猜度惯了吗？偶尔有一次竟不被明明有理由猜度我们的人所猜度，于我们自己反倒是很稀奇之事了。每每的，竟至于感激起来。我当时的心情就是那样。应该不好意思的是我，她倒那么的不好意思。仅凭此点，以我的经验判断，在牙科医院前的人行道上发生的那件事中，这外地的看自行车的女人，她是毫无疑问地被欺负了……这世界上有多少事的真相，是在众目睽睽的情况之下被掩盖甚至被颠倒了啊！这么一想，我不禁替她不平……

我第二次去那家商场买到了我要买的那种大小的蒸锅，付存车费时我说："上次欠你两毛钱，这次付给你。"我之所以如此主动，并非想要证明自己是一个多么多么诚信的人。我当时丝毫也没有这样的意识。倒是相反，认为她肯定记着我欠她两毛钱存车费的事，若由她提醒我，我会尴尬的。不料她又像上次那样愣了一愣。分明的，她既不记得我曾欠她两毛钱存车费的事了，也不记得我和她曾要买下同一本词典的事了。可也是，每天这地方有一二百人存自行车取自行车，她怎么会偏偏记得我呢？对于那个外地的看自行车的女人，这显然是一份比牙科医院门前收入多的工作。我看出她脸上有种心满意足的表情。那套迷彩服和那顶迷彩单帽，仿佛是她看自行车时的工作装，照例穿戴着。依然赤脚穿着那双旧布鞋，依然用一只绿色的帆布小书包装存车费。

"不用啊不用啊"，她又不好意思起来，硬塞还给了我两毛钱。我觉得，她特别希望给在这里存自行车的人一种良好的印象。我将装蒸锅的纸箱夹在车后座上，忍不住问了她一句："你哪儿人？"

"河南。"她的脸，竟微微红了一下。我于是想到了那是为什么，便说："我家小阿姨也是河南人。"她默默地，有些不知说什么好地笑着。"来北京多久了？""还不到半年。""家乡的日子怎么样呢?""不容易过啊……再加上我儿子又上了大学……"她将大学两个字说出特别强调的意味,顿时一脸自豪。"唔?在一所什么大学?"她说出了一座我陌生的河南城市的名字。我知近年某些省份的地区级城市的师范类专科学院,也有改挂大学校牌的,就没再问什么。

我推自行车下人行道时,觉得后轮很轻。回头一看,见她的一只手替我提起着后轮呢。骑上自行车刚蹬了几下,纸箱掉了。那看自行车的女人跑了过来,从书包里掏出一截塑料绳……

北京下第一场雪后的一天晚上,北影一位退了休的老同志给我打电话,让我替他写一封表扬信寄给报社。他要表扬的,就是那个河南的看自行车的女人。他说他到那家商场去取照片,遇到熟人聊了一会儿,竟没骑自行车走回了家,拎兜也忘在自行车筐里了……

"拎兜里有几百元钱,钱倒不是我太在乎的。我一共洗了三百多张老照片啊!干了一辈子摄影,那些老照片可都是我的宝呀!吃完晚饭天黑了我才想起来,急急忙忙打的去存车那地方,你猜怎么着?就剩我那一辆自行车了!人家看自行车那女人,冷得受不了,站在商店门里,隔着门玻璃,还在看着我那辆旧自行车那!而且,替我将我的拎兜保管在她的书包里。人心不可以没有了感动呀是不是?人对人也不可以不知感激是不是……"

北影退了休的摄影师在电话里恳言切切,我满口应承照办照办。然而过后事一多，所诺之事竟彻底忘了。不久前我又去那家商场买东西，见看自行车的人已经换了，是一个外地的男人了。我问原先那个看自行车的女人呢？他说走了。我问为什么她走了呢？他说，还能为什么呢？那就是她不称职呗！我们外地人在北京挣这一份工作，那也是要凭竞争能力的！我心黯然，替那看自行车的女人。并且，也有几分替她那在一所默默无闻的大学里读书的儿子……我想问她到哪里去了？张张嘴，却什么也没有再问。我不知她从农村来到城市，除了看自行车，还能干什么？如果她仍在北京的别处，或别的城市里做一个看自行车的人，我祈祝她永远也不会再碰到什么欺负她的人，比如那个抢夺了她书包的胖女人。

2003 年 12 月末于北京

"十姐妹"出走

且说那一天我在家对面的小树林散步，遇见了几个年轻的民工。其中一个拎着纸盒箱，箱四周扎了许多透气孔。见着我，拎纸盒箱的自言自语："这么大一个北京，竟没识货的人！"仿佛自言自语，其实说给我听。那模样，那口吻，使我联想到受高衙内指使，诱林冲中计的那个卖刀人……

我问："什么？"

他们中有人答："鸟儿……"

"什么鸟儿？"

"十姐妹……"

好悦心的鸟名——我不禁掀开纸箱盖儿一角往里瞅，但见十位"小姐"挤缩一处，十双黑晶晶的小眼睛瞪着我，胆怯而又乞怜。黄嘴边儿还没褪哪，羽毛还没长全哪，毛根间暴露着粉红的肉色，如同一群只扎肚兜儿的光身子小孩儿……

并不雅的些个小东西！

"卖？""卖！""多少钱？""二十元！""太小哇。""这您就外行啦，养鸟儿都得从小养起。""不好看呀，跟麻雀似的！""毛长全就好看了，不好看能叫'十姐妹'吗？"

于是我一念顿生，成了"十姐妹"的"家长"。

最初养在一个极小的笼子里，用两个瓶盖儿喂它们水和小米。后来妻买回了一个漂亮的够大的笼子，于是它们"迁"入了新居，好比住在小破房里的中国老百姓，一步登天搬进了花园洋房。那一天"她们"显得好高兴噢，叽叽喳喳叫个不停。我们一家三口看着"她们"高兴，各自心里也高兴……

自从阳台上有了"十姐妹"，便热闹起来。"小姐"们一会儿"说"一会儿"唱"。"说"时其音细碎一片，吴侬软语似的，使我联想到一群上海姑娘聚在一起聊悄悄话儿。"唱"时反倒不那么动听了，类乎"喳"的一个单音，此长彼短，自我陶醉。没一个嗓子强点儿或可出息为歌唱家的。于"她们"正应了那句话——"说的比唱的好听。"

那时我正写作，便不免地会有些烦，常到阳台上去冲"她们"喝唬一句。喝唬一句大概能消停五分钟。于是最后只有关上几扇门，隔断"她们"的噪音，将自己关在最里边的小屋。

安定且无忧无虑的生活，使"她们"长大得明显，羽毛日渐丰满了，一个个都出落得非麻雀可比了。秀小的头，鱼形的身，颔下和喙根两侧，以及翅膀和尾翼之间，是洁白的绒羽和翅子。若补充些想象看"她们",也还算漂亮。

有天我发现"她们"争争吵吵拥拥挤挤地围住饮水罐儿,衔了水梳理羽毛。我想——哦"小姐"们是该洗次澡了。便将一个饼干盒盖注满清水,将笼底抽下,将笼子置于盒盖上,伫立一旁静观。"她们"不争不吵不拥不挤了,一只只侧着头,矜持地瞪我。我刚一转身离去,阳台上便溅水声大作。水珠竟透过纱门溅入室内。偷窥之,见"她们"洗得那个欢呢!而且相互梳洗……

于是便宠出了"她们"的娇惯毛病。每至中午,倘不为"她们"提供此项服务,阳台上一片抗议之声,不予理睬简直就不可能。或者可以说很培养我的文明意识——只要我在看着,绝不下水。其实我也不稀罕看,偷窥的行为就那么一次。女人们洗澡的美妙情形我早已司空见惯了,在电影里……

原先,鸟笼放在一把椅子上的。阳台下半部是砌严的,小时候它们则只能看到一片天空,倒也都甘于做井底之蛙。有一天"她们"就以"她们"的噪音,提出了开阔视野高瞻远瞩的要求。于是中午洗过澡后,我将鸟笼挂在晾衣竿上。第一次透过阳台窗望到外面的广大世界,"她们"真是显得惊奇极了。"说"了一中午,"唱"了一中午。反反复复"唱"的,在我听来,仿佛始终是那么一句——"外面的世界很精彩……"

我听不得"她们"向我传达的那份儿幽怨,干脆启开笼门,将"她们"放飞在阳台上。不消说,从此我更得勤于打扫阳台了……

我常想起买下"她们"时的情形。不知命运如何，"她们"的那份儿胆怯好可怜的。不愁冷暖不愁饥渴了，就产生了对"居住"条件的高要求。"居住"条件大大改善了，就渐渐滋长了"贵族"习惯，每天还得洗次澡。一旦"贵族"起来了，则又开始向往自由了。给予了"她们"一个阳台的自由范围，最初的喜悦和兴奋过后，又分明地向往起"外面的世界"来……有天"她们"一溜儿蹲栖在窗格上，静悄悄的，都很忧伤的样子，仿佛些个囚徒似的。我几经犹豫，开了一扇阳台窗。

轻风和爽气扑人，"她们"都扇动起翅膀来……我说："小姐们，请吧，我还你们自由……""她们"一只只从敞开的窗子跳进跃出着，不停地扇翅，一会儿侧头看我，一会儿仰望天空，若有依恋之意……我又说："想回来时就回来，这扇窗将随时为你们打开……"我也满怀着对"她们"的依恋，离开了阳台。半小时后，十只鸟儿剩下五只了。一个小时后，阳台上一只鸟儿都不见了，顿时寂静得使人悒郁……有几只鸟儿飞回来过——吃点儿食，饮点儿水，洗次澡，又飞走……从此，我在早晚散步时，总能听到"她们"的声音，传出自小树林里。我的"丫头"们的声音，我是听得出来的……

有天我发现一只鹞鹰，在附近的树林上空盘旋。我想——说不定它是被我的"丫头"们的叫声引来的，伺机加害于"她们"。于是我赶快回到家里，找了一根长长的竹竿，挂上彩布，在树林中奔来奔去，挥舞着，大叫着，直至将那残食弱小的枭禽驱逐遁去……

有天我发现别人家养着两只鹦鹉的笼子里，也有一只"十姐妹"。两只鹦鹉都啄"她"，啄得"她"没处藏没处躲。紧缩一隅，尾巴挤出在笼外。见了我，便在笼子里"炸"飞起来，叫个不停，其音哀婉。我想，那一定是我的"丫头"中的一只，想吃食，想饮水，或想洗澡，误入了别人家的阳台……

于是我将"她"讨回，养了几日，又放飞了……有天早晨，在公园里，我见到一个张网人，一次用粘网粘住了三只"十姐妹"。我想那也肯定是我放飞的鸟儿。我将"她们"再次买下，养了几日，也又放飞……"外面的世界很精彩，外面的世界很无奈"——在人的城市里，对鸟儿们也是这样的……

自由，在本质上，其实也是人对他人的责任感最完善的摆脱。正如我不可能也不打算每见到别人笼子里的一只"十姐妹"都买下放飞一样。在这么一种社会形态下，若同时没有法的威慑，没有宗教对心灵的影响，大多数人，就只有像我养过的"十姐妹"一样，提高防范的能力，并靠运气活着了……

有天夜里我做了一个梦——梦见老了的自己，被十个女儿围绕着，还有十个女婿侍守一旁——尽管这有悖计划生育法，而且"十姐妹"也并非就全是"丫头"，但仍没妨碍我做了那么一个很幸福的梦……

紧绷的小街

迄今，我在北京住过三处地方了。

第一处自然是从前的北京电影制片厂院内。自一九七七年始，我在这里住了十二年筒子楼。家、食堂、编导室办公楼，白天晚上数次往返于三点之间，常常一星期不出北影大门，像继续着大学生的校园生活。出了筒子楼半分钟就到食堂了，从食堂到办公室才五六分钟的路，比之于今天在上下班路上耗去两三个小时的人，上班那么近实在是一大福气了。

一九八八年底我调到了中国儿童电影制片厂，次年夏季搬到童影宿舍。这里有一条小街，小街的长度不会超过从北影的前门到后门，很窄，一侧是元大都的一段土城墙。当年城墙遗址杂草丛生，相当荒野。小街尽头是总参的某干休所，所谓"死胡同"，车辆不能通行。当年有车人家寥寥无几，"打的"也是一件挺奢侈的事，进出于小街的车辆除了出租车便是干休所的车了。小街上每见住在北影院内的老导演老演员们的身影，或步行，或骑自行车，或骑电动小三轮车，车后座上坐着他们的老伴儿。他们一位位的名字在中国电影史上举足轻重，掷地有声。当年北影的后门刚刚改造不久，小街曾很幽静。

又一年，小街上有了摆摊的。渐渐，就形成了街市，几乎卖什么的都有了。别的地方难得一见的东西，在小街上也可以买到。我在小街买过野蜂窝，朋友说是人造的，用糖浆加糖精再加凝固剂灌在蜂窝形的模子里，做出的"野蜂窝"要多像有多像，过程极容易。我还买过一条一尺来长的蜥蜴，卖的人说要是用黄酒活泡了，那酒一定滋补。我是个连闻到酒味儿都会醉的人，从不信什么滋补之道，只不过买了养着玩儿，不久就放生了。我当街理过发，花二十元当街享受了半小时的推拿，推拿汉子一时兴起，强烈要求我脱掉背心，我拗他不过，只得照办，吸引了不少围观者。我以十元钱买过三件据卖的人说是纯棉的出口转内销的背心。也买过五六种印有我的名字、我的照片的盗版书，其中一本的书名是《爱与恨的交织》，而我根本没写过那么一本书。当时的我穿着背心、裤衩，趿着破拖鞋，刚剃过光头，几天没刮胡子。我蹲在书摊前，看着那一本厚厚的书，吞吞吐吐地说："这本书是假的。"

卖书的外地小伙子瞪我一眼，反感地顶我："书还有假的吗？假的你看半天？到底买不买？"

我说我就是梁晓声，而我从没出版过这么一本书。

他说："我看你还是假的梁晓声呢！"

旁边有认识我的人说中国有多少叫梁晓声的不敢肯定，但他肯定是作家梁晓声。

小伙子夺去那本书，啪地往书摊上一放，说："难道全中国只许你一个叫梁晓声的人是作家？"

我居然产生了保存那本书的念头，想买。小伙子说冲我刚才说是假的，一分钱也不便宜给我，爱买不买。我不愿扫了他的兴又扫我自己的兴，二话没说就买下了。待我站在楼口，小伙子追了上来，还跟着一个小女子，手拿照相机。小伙子说她是他媳妇儿，说："既然你是真的梁晓声，那证明咱俩太有缘分了，大叔，咱俩合影留念吧！"人家说得那么诚恳，我怎么可以拒绝呢？于是合影，恰巧走来个人，小伙子又央那人为我们三个合影，自然是我站中间，一对小夫妻一左一右，都挽我手臂。

使小街变脏的首先是那类现做现卖的食品摊——煎饼、油条、粥、炒肝、炸春卷、馄饨、烤肉串，再加上卖菜的，再加上杀鸡、宰鸭、剖鱼的……早市一结束，满街狼藉，人行道和街面都是油腻的，走时粘鞋底儿。一下雨，街上淌的像刷锅水，黑水上漂着烂菜叶，间或漂着油花儿。

我在那条小街上与人发生了三次冲突。前两次互相都挺君子，没动手。第三次对方挨了两记耳光，不过不是我扇的，是童影厂当年的青年导演孙诚替我扇的。那时的小街，早六七点至九十点钟内，已是水泄不通，如节假日的庙会。即使一只黄鼬，在那种情况之下企图蹿过街去也是不大可能的。某日清晨，我在家中听到汽车喇叭响个不停，俯窗一看，见一辆自行车横在一辆出租车前，自行车两边一男一女，皆三十来岁，衣着体面。出租车后，是一辆搬家公司的厢式大车。两辆车一被堵住，一概人等只有侧身梭行。

我出了楼，挤过去，请自行车的主人将自行车顺一下。

那人瞪着我怒斥："你他妈少管闲事！"

我问出租车司机怎么回事，他是不是剐蹭着人家了？

出租车司机说绝对没有，他也不知对方为什么要挡住他的车。

那女的骂道："你他妈装糊涂！你按喇叭按得我们心烦，今天非堵你到早市散了不可！"

我听得来气，将自行车一顺，想要指挥出租车通过。对方一掌推开我，复将自行车横在出租车前。我与他如是三番，他从车上取下了链锁，威胁地朝我扬起来。

正那时，他脸上啪地挨了一大嘴巴子。还没等我看清扇他的是谁，耳畔又听啪的一声。待我认出扇他的是孙诚，那男的已乖乖地推着自行车便走，那女的也相跟而去，两个都一次没回头……至今我也不甚明白那一对男女为什么会是那么一种德性。两年后"自由市场"被取缔，通过军方出面起了作用。

如今我已在牡丹园北里又住了十多年，这里也有一条小街，这条小街起初也很幽静，现在也变成了一条市场街，是出租汽车司机极不情愿去的地方。它的情形变得与十年前我家住过的那条小街又差不多了。闷热的夏日，空气中弥漫着腐败腥臭的气味儿。路面重铺了两次，过不了多久又粘鞋底儿了。下雨时，流水也像刷锅水似的了，像新中国建立前财主家阴沟里淌出的油腻的刷锅水，某几处路面的油腻程度可用铲子铲下一层来。人行道名存实亡，差不多被一家紧挨一家的小店铺完全占据。今非昔比，今胜过昔，街道两侧一辆紧挨一辆停满了廉价车辆，间或也会看到一辆特高级的。

早晨七点左右"商业活动"开始，于是满街油炸烟味儿。上班族行色匆匆，有的边吃边走。买早点的老人步履缓慢，出租车或私家车明智地停住，耐心可嘉地等老人们蹒跚而过。八点左右街上已乱作一团，人是更多了，车辆也多起来。如今买一辆廉价的二手车才一两万元，租了门面房开小店铺的外地小老板十之五六也都有车，早晨是他们忙着上货的时候。太平庄那儿一家"国美"商城的免费接送车在小街上兜了一圈又一圈，相对于对开两辆小汽车已勉为其难的街宽，"国美"那辆大客车是庞然大物。倘一辆小汽车迎头遭遇了它，并且各自没了倒车的余地，那么堵塞半小时、一小时是家常便饭。"国美"大客车是出租车司机和驾私家车的人打内心里厌烦的，但因为免费，它却是老人们的最爱。真的堵塞住了，已坐上了它或急着想要坐上它的老人们，往往会不拿好眼色瞪着出租车或私家车，显然他们认为一大早添乱的是后者们。

傍晚的情形比早上的情形更糟糕。六点左右，小饭店的桌椅已摆到人行道上了，仿佛人行道根本就是自家的。

人行道摆满了，沿马路边再摆一排。烤肉的出现了，烤海鲜的出现了，烤玉米烤土豆片地瓜片的也出现了。时代进步了，人们的吃法新颖了，小街上还曾出现过烤茄子、青椒和木瓜的摊贩。最火的是一家海鲜店，每晚在人行道上摆二十几套桌椅，居然有开着"宝马"或"奥迪"前来大快朵颐的男女，往往一吃便吃到深夜。某些男子直吃得脱掉衣衫，赤裸上身，汗流浃背，喝五吆六，划拳行令，旁若无人。乌烟瘴气中，行人嫌恶开车的；开车的嫌恶摆摊的；摆摊的嫌恶开店面的；开店面的嫌恶出租店面的——租金又涨了。占道经营等于变相地扩大门面，也只有这样赚得才多点儿。通货膨胀使他们来到北京打拼的成本大大提高了，不多赚点儿怎么行呢？而原住居民嫌恶一概之外地人——当初这条小街是多么地幽静啊，看现在，这些人将这条小街搞成什么样子了！那一时段，在这条小街，几乎所有人都在内心里嫌恶……

而在那一时段，居然还有成心堵车的！

有次我回家，见一辆"奥迪"斜停在菜摊前。那么一斜停，三分之一的街面被占了，两边都堵住了三四辆车，喇叭声此起彼伏。车里坐一男人，听着音乐，悠悠然地吸着烟。

我忍无可忍，走到车窗旁冲他大吼："你他妈聋啦！"

他这才弹掉烟灰，不情愿地将车尾顺直。于是，堵塞消除。原来，他等一个在菜摊前挑挑拣拣买菜的女人。那一时段，这条街上的菜最便宜。可是，就为买几斤便宜的菜，至于开着"奥迪"到这么一条小街上来添乱吗？我们的某些同胞多么难以理解！

那男人开车前，瞪着我气势汹汹地问："你刚才骂谁？"

我顺手从人行道上的货摊中操起一把拖布，比他更气势汹汹地说："骂的就是你，混蛋！"

也许见我是老者，也许见我一脸怒气，并且猜不到我是个什么身份的人，还自知理亏，他也骂我一句，将车开走了……

能说他不是成心堵车吗？

可他为什么要那样呢？我至今也想不明白。

还有一次——一辆旧的白色"捷达"横在一个小区的车辆进出口，将院里街上的车堵住了十几辆，小街仿佛变成了停车场，连行人都要从车隙间侧身而过。车里却无人，锁了，有个认得我的人小声告诉我——对面人行道上，一个穿T恤衫的吸着烟的男人便是车主。我见他望西洋景似的望着堵得一塌糊涂的场面幸灾乐祸地笑。毫无疑问，他肯定是车主。也可以肯定，他成心使坏是因为与出入口那儿的保安发生过什么不快。

那时的我真是怒从心头起，恶向胆边生。倘身处古代，倘我武艺了得，定然奔将过去，大打出手，管他娘的什么君子不君子！然我已老了，全没了打斗的能力和勇气。但骂的勇气却还残存着几分。于是撇掉斯文，瞪住那人，大骂一通。

我的骂自然丝毫也解决不了问题。最终解决问题的是交警支队的人，但那已是一个多小时以后的事了。在那一个多小时内，坐在人行道露天餐桌四周的人们，吃着喝着看着"热闹"，似乎堵塞之事与人行道被占一点儿关系都没有……

十余年前，我住童影宿舍所在的那一条小街时，曾听到有人这么说——真希望哪天大家集资买几百袋强力洗衣粉、几十把钢丝刷子，再雇一辆喷水车，发起一场义务劳动，将咱们这条油腻肮脏的小街彻底冲刷一遍！

如今，我听到过有人这么说——某时真想开一辆坦克，从街头一路压到街尾！这样的一条街住久了会使人发疯的！

在这条小街上，不仅经常引起同胞对同胞的嫌恶，还经常引起同胞对同胞的怨毒气，还经常造成同胞与同胞之间的紧张感。互相嫌恶，却也互相不敢轻易冒犯。谁都是弱者，谁都有底线。大多数人都活得很隐忍，小心翼翼。

街道委员会对这条小街束手无策，他们说他们没有执法权。

城管部门对这条小街也束手无策。他们说要治理，非来"硬"的不可，但北京是"首善之都"，怎么能来"硬"的呢？

新闻单位被什么人请来过，却一次也没进行报道。他们说，我们的原则是报道可以解决的事，明摆着这条小街的现状根本没法解决啊！

有人给市长热线一次次地打电话，最终居委会的同志找到了打电话的人，劝说——容易解决不是早解决了吗？实在忍受不了你干脆搬走吧！

有人也要求我这个区人大代表应该履责，我却从没向区政府反映过。

这条小街的情况，我的看法乃是——每一处摊位，每一处门面，背后都是一户人家的生计、生活甚至生存问题，悠悠万事，唯此为大。

在小街的另一街口，一行大红字标志着一个所在是"城市美化与管理学院"。相隔几米的街对面，人行道上搭着快餐摊棚。下水道口近在咫尺，夏季臭气冲鼻，情形令人作呕。

城管并不是毫不作为的，他们干脆将那下水道口用水泥封了，于是那儿摆着一个盛泔水的大盆了。至晚，泔水被倒往附近的下水道口，于是另一个下水道口也臭气冲鼻，情形令人作呕了。

又几步远，曾是一处卖油炸食物的摊点。经年累月，油锅上方的高压线挂满油烟嘟噜了，如同南方农家灶口上方挂了许多年的腊肠。架子上的变压器也早已熏黑了。某夜，城管发起"突击"，将那么一处的地面砖重铺了，围上了栏杆，栏杆内搭起"执法亭"了。白天，摊主见大势已去，也躺在地上闹过，但最终以和平方式告终。

本就很窄的街面，在一侧的人行道旁，又隔了一道八十厘米宽的栏杆，使那一侧无法停车了。理论上是这样一道算式——斜停车辆占路面一点五米宽即一百五十厘米的话，如此一来，无法停车了，约等于路面被少占了七十厘米。两害相比取其轻，不得已而为之的办法，一种精神上的"胜利"。这条极可能经常发生城管人员与占道经营、无照经营、不卫生经营者之间的严峻斗争的小街，十余年来，其实并没发生过什么斗争事件。斗争不能使这一条小街变得稍好一些，相反，恐怕将月无宁日，日无宁时。这是双方都明白的，所以都尽量地互相理解，互相体恤。

也不是所有的门面和摊位都会使街道肮脏不堪。小街上有多家理发店、照相馆、洗衣店、打印社，还有茶店、糕点店、眼镜店、鲜花店、房屋中介公司、手工做鞋和卖鞋的小铺面。它们除了方便于居民，可以说毫无负面的环境影响。我经常去的两家打印社，主人都是农村来的。他们的铺面月租金五六千元，而据他们说，每年还有五六万的纯收入。

这是多么养人的一条小街啊！出租者和租者每年都有五六万的收入，而且或是城市底层人家，或是农村来的同胞，这是一切道理之上最硬的道理啊！其他一切道理，难道还不应该服从这一道理吗？

在一处拐角，有一位无照经营的大娘，她几乎每天据守着一平方米多一点儿的摊位卖咸鸭蛋。一年四季，寒暑无阻，已在那儿据守了十余年了。一天才能挣多少钱啊！如果那点儿收入对她不是很需要，七十多岁的人了，想必不会坚持了吧。

大娘的对面是一位东北农村来的姑娘，去年冬天她开始在拐角那儿卖大馇子粥。一碗三元钱，玉米很新鲜，那粥香啊！她也只不过占了一平方米多一点儿的人行道路面。占道经营自然是违章经营，可是据她说，每月也能挣四五千元！因为玉米是自家地里产的，除了点儿运费，几乎再无另外的成本。她曾对我说："我都二十七了还没结婚呢，我对象家穷，我得出来帮他挣钱，才能盖起新房啊！要不咋办呢？"

再往前走十几步，有一位农家妇女用三轮平板车卖豆浆、豆腐，也在那儿坚持十余年了。旁边，是用橱架车卖烧饼的一对夫妻，丈夫做，妻子卖，同样是小街上的老生意人。寒暑假期间，两家的两个都是小学生的女孩也来帮大人忙生计。炎夏之日，小脸儿晒得黑红。而寒冬时，小手冻得肿乎乎的。两个女孩儿的脸上，都呈现着历世的早熟的沧桑了。

有次我问其中一个："你俩肯定早就认识了，一块儿玩不？"

她竟说："也没空儿呀，再说也没心情！"

回答得特实在，实在得令人听了心疼。

"五一"节前，拐角那儿出现了一个五十来岁的外地汉子，挤在卖咸鸭蛋的大娘与卖鞋垫的大娘之间，仅占了一尺来宽的一小块儿地方，蹲在那儿，守着装了硬海绵的小木匣，其上插五六支风轮，彩色闪光纸做的风轮。他引起我注意的原因不仅是因为他卖成本那么低、肯定也挣不了几个小钱的东西，还因为他右手戴着原本是白色、现已脏成了黑色的线手套，一种廉价的劳保手套。

我心想："你这外地汉子呀，北京再能谋到生计，这条街再养得活人，你靠卖风轮那也还是挣不出一天的饭钱的呀！你这大男人脑子进水啦？找份什么活儿干不行，非得蹲这儿卖风轮？"然而，我一次、两次、三次、四次地看到他挤在两位大娘之间，蹲在那儿，五月份快过去了他才消失。

我买鞋垫时问大娘："那人的风轮卖得好吗？"

大娘说："好什么呀！快一个月了只卖出几支，一支才卖一元钱，比我这鞋垫儿还少伍角钱！"

卖咸鸭蛋的大娘接言道："他在老家农村干活儿时，一条手臂砸断了，残了，右手是只假手。不是觉得他可怜，我俩还不愿让他挤中间呢……"

我顿时默然。

卖咸鸭蛋的大娘又说，其实她一个月也卖不了多少咸鸭蛋，只能挣五六百元而已，这五六百元还仅归她一半儿。农村有养鸭的亲戚，负责每月给她送来鸭蛋，她负责腌，负责卖。

"儿女们挣的都少，如今供孩子上学花费太高，我们这种没工作过也没退休金的老人，"她指指旁边卖鞋垫的大娘，"哪怕每月能给第三代挣出点儿零花钱，那也算儿女们不白养活我们呀……"

卖鞋垫的大娘就一个劲儿点头。

我不禁联想到了卖豆制品的和卖烧饼的，他们的女儿已在帮着他们挣钱了。父母但凡工作着，小儿女每月就必定得有些零花钱——城里人家尤其是北京人家的小儿女，与外地农村人家的小儿女相比，似乎永远是有区别的。

我的脾气，如今竟变好了。小街日复一日年复一年地教育了我，逐渐使我明白我的坏脾气与这一条小街是多么的不相宜。再遇到使我怒从心起之事，每能强压怒火，上前好言排解了。若竟懒得，则命令自己装没看见，扭头一走了之。

而这条小街少了我的骂声，情形却也并没更糟到哪儿去。正如我大骂过几遭，情形并没有因而就变好点儿。

我觉得不少人都变得和我一样好脾气了。

有次我碰到了那位曾说恨不得开辆坦克从街头压到街尾的熟人。

我说："你看我们这条小街还有法儿治吗？"

他苦笑道："能有什么法儿呀？理解万岁呗，讲体恤呗，讲和谐呗……"

由他的话，我忽然意识到，紧绷了十余年的这一条小街，它竟自然而然地生成了一种品格，那就是人与人之间的体恤。所谓和谐，对于这一条小街，首先却是容忍。

有些同胞生计、生活、生存之艰难辛苦，在这一条小街呈现得历历在目。小街上还有所小学——瓷砖围墙上，镶着陶行知的头像及"爱满天下"四个大字。墙根低矮的冬青丛中藏污纳垢，叶上经常粘着痰。行知先生终日从墙上望着这条小街，我每觉他的目光似乎越来越忧郁，却也似乎越来越温柔了。

尽管时而紧张，但十余年来，却又未发生什么溅血的暴力冲突。

这也真是一条品格令人钦佩的小街！发生在小街上的一些可恨之事，往细一想，终究是人心可以容忍的。发生在别处的一些可恨之事，却断不能以"容忍"二字轻描淡写地对待。"为之于未有，治之于未乱。"——老聃此言胜千言万语也！

几个春节一段人生

倘你是少年，你肯定已度过了十几个春节；倘你是青年，你肯定已度过了二十几个春节；倘你是中年，你肯定已度过了四五十个春节；倘你是老年，你肯定已度过了六七十个乃至更多次春节……

其实，我想说的是：你究竟能清楚地记得几次春节的情形呢？你能将你度过的每一次春节的欢乐抑或伤感，都记忆犹新地一一道来吗？

我断定你不能。许许多多个春节，哦，我不应该用许许多多这四个字。因为实际上，能度过一百个以上春节的人，真是太少太少了！

我们的记忆竟是这么地对不起我们！它使我们忘记我们在每一年最特殊的日子里所体会的那些欢乐，那些因欢乐的不可求而产生的感伤，如同小学生忘记老师的每一次课堂提问一样……

难道春节对于我们每一个人来说，不是每年中最特殊的日子吗？此外，对于我们中国人来说还有什么比春节更特殊的日子呢？生日？——生日是世界性的，不是"中国特色"的。而且，一家人一般不会是同一个生日啊。春节仿佛是家庭的生日，一个人过春节，是没法儿体会全家团聚其乐融融那一种亲情交织的温馨的，也没法儿体会那一种棉花糖般膨化了的生活的甜。

中国人盼望春节，欢庆春节，是因为春节放假时日最长，除了能吃到平时没精力下厨烹饪的美食，除了能喝到平时舍不得花钱买的美酒，最主要的，更是在期盼平时难以体会得到的那一种温馨，以及那一种生活中难忘的甜呀！

那温馨，那甜，虽因贫富而有区别，却也因贫富而各得其乐。于是我们理解了为什么杨白劳在大年三十夜仅仅为喜儿买了一截红头绳，喜儿就高兴得跳起来，唱起来……

大年三十夜使红头绳仿佛不再是红头绳，而是童话里的一大笔财富似的。

"人家的姑娘有花儿戴，我爹没钱不能买。扯上二尺红头绳，给我扎起来……"

《白毛女》中这段歌，即使今天，那甜中有苦，苦中有甜的欢悦，也是多么的令人怆然啊！

浪迹他乡异地的游子，春节前，但凡能够，谁不匆匆地动身往家里赶？

有家的人们，不管是一个多么穷多么破的家，谁不尽量将家收拾得像个样子？起码，在大年三十儿夜，别的都做不到，也要预先备下点儿柴，将炉火烧得旺一些……

我对小时候过的春节，早已全然没了印象。只记得四五岁时，母亲刚刚生下四弟不久的一个春节，全家围着小炕桌在大年三十儿晚上吃饺子，我一不小心将满满一碗饺子汤洒在床上了，床上铺的是新换的床单儿。父亲生气之下，举起了巴掌，母亲急说："大过年的，别打孩子呀！"

父亲的巴掌没落在我头上，我沾了春节的光。

新棉衣被别的孩子扔的鞭炮炸破了，不敢回家，躲在邻居家哭——这是我头脑中保留的一个少年时的春节的记忆。这记忆作为小情节，被用在《年轮》里了。

也还记得上初二时的一个春节——节前哥哥将家中的一对旧木箱拉到黑市上卖了二十元钱。母亲说："今年春节有这二十元钱，该可以过个像样的春节了。"时逢做店员的邻家大婶儿通告，来了一批猪肉，很便宜，才四角八分一斤。那是在国库里冻了十来年的储备肉，再不卖就变质了。所以便宜，所以不要票。我极力动员母亲，将那二十元都买肉。既是我的主张，那么我当然自告奋勇去买。在寒冷的晚上，我走了十几里路，前往那郊区的小店。排了整整一夜，第二天早上买到了大半扇猪肉。用绳子系在身后，背着走回了家。四十来斤大半扇猪肉，去了皮和骨，只不过收拾出二十来斤肉。那猪肉瘦得没法儿形容……

一九六八年，大约是正月初二或初三，既上不了学又找不到工作的我，去老师家里倾诉苦闷。夜晚回家的路上，遇着两个男人架着一个醉汉。他们见我和他们同路，就将那醉汉交付给我了，说只要搀他走过两站路就行了。我犹豫未决之间，他们已拔腿而去。怎么办呢？醉汉软得如一摊泥。我不管他，他躺倒于地，岂不是会冻死么？我搀他走过两站，又走过两站，直走到郊区的一片破房子前。亏他还认得自家门，我一直将他搀进屋。至今记得，他叫周翔，是汽车修理工，妻子死了，有四个孩子。他一到家就吐了，吐罢清醒了。清醒了的他，对我很是感激，问明我是个前途没有着落的学生，发誓说他一定能为我找到份儿工作。以后几天，一直到正月十五，我几乎天天去他家，而他几乎天天不在家。我就替他收拾屋子，照顾儿子，做饭、洗衣，当起佣人来。终于我明白，他天天白日不在家，无非是找地方去借酒浇愁。而他借酒浇愁，是因为他自己刚刚失去了工作……我真傻，竟希望这样的人为我找工作……

半年后，六月，我义无反顾地下乡了。

周翔和那一年的春节，彻底结束了我的少年时代。我一直觉得，是那一年的春节和周翔其人使我开始成熟了，而不是"上山下乡"运动……

兵团生活的六年中，我于春节前探过一次家。和许多知青一样，半夜出火车站，背着几十斤面，一路上急急往家赶，心里则已在想着，如果母亲看见我，和她这个儿子将要交给她的一百多元钱，该多高兴呀——全家又可美美地过一次春节了，虽然远在四川的父亲不能回家有点儿遗憾……

那么，另外五个春节呢？

当然全是在北大荒过的。

可究竟怎么过的呢？努力回忆也回忆不起来了。我曾是班长、教师、团报导员、抬木工。从连队到机关再被贬到另一个连队，命运沉浮，过春节的情形，则没什么不同。无非看一场电影，一场团或连宣传队的演出，吃一顿饺子几样炒菜，蒙头大睡——当知青时，过春节的第一大享受对于我来说，不是别的，是可以足足地补几天觉……

上大学的第一个春节是在上海市虹桥医院的肝炎隔离病房度过的……

第二个第三个春节都没探家，全班只剩我一个学生在校……

在北影工作十年，只记住一个春节——带三四岁的儿子绕到宿舍楼后去放烟花。儿子曾对我说，那是他最温馨的回忆。所以那也是我关于春节的最温馨的回忆之一……

在儿童电影制片厂十余年，头脑中没保留下什么关于春节的特殊印象。只记得头几年的三十儿晚上，和老厂长于蓝同志相约了，带上水果、糖、瓜子花生之类，去看门卫战士们——当年的他们都调离了，如今老厂长于蓝已退休，我也不再担任什么职务，好传统也就没继承下来……

怎么的？大半截人生啊！整整五十年啊！五十个春节，头脑中就保留下了一点点支离破碎的记忆吗？

是的。真的！就保留下了这么一点点支离破碎的记忆。

虽然是支离破碎的记忆，但除了六八年的春节外，却又似乎每忆起来，都是那么的温馨。六八年的春节，我实际上等于初二或初三后就没在自己家，在周翔家当佣人来着……

如今我们中国人过春节的内容更丰富了。利用春节假期进行旅游，以至于"游"到国外去，早已不是什么新潮流了。亲朋好友的相互拜年迎来送往，也差不多基本上被电话祝福所代替了。人们越来越希望，能在节假日期间留给自己和家庭更多的"自控时段"，以享受家庭生活的温馨。改革开放使一部分中国人富了起来，使大部分中国人的生活水平、居住水平明显提高，春节之内容的物质质量也空前提高。吃饺子已不再是春节传统的"经典内容"，如果统计一下定会发现，在城市，春节期间包饺子的人比从前少多了。而在九十年代以前，谁家春节没包饺子，那可能会是因为发生了冲淡节日心情的不幸。而现在是因为——几乎每一个小店平日都有速冻饺子卖，吃饺子像吃方便面一样是寻常事了。尽管有不少"下岗"者，但祥林嫂那种在春节无家可归冻死街头的悲剧，是少有所闻了……

我们中国人过春节的内容和方式，分明正变化着。在乡村，传统的习俗仍被加以珍惜，不同程度上被保留着。在城市，春节的传统习俗，正受到日新月异的现代生活方式和生活质量的冲击，甚至已经发生了彻底的变化……

依我想来，我们中国人大可不必为春节传统内容的瓦解而感伤，从某种角度看，不妨也认为是生活观念的解放……

只要春节还放一年中最长的节假，春节就永远是我们中国人"总把新桃换旧符"的春节。毕竟，亲情是春节最高质量的标志。亲情是在我们内心里的，不是写在日历上的。

一个人，只要是中国人，无论他多么了不起，多么有作为，一旦到了晚年，一旦陷入对往事的回忆，春节必定会伴着流逝的心情带给自己某些欲说还休的惆怅。因为春节是温馨的，是欢悦的。那惆怅即使绵绵，亦必包含着温馨，包含着欢悦……

哪怕仅仅为了我们以后回忆的滋味是美好的，让我们过好每一次春节吧！

我以为，事实上若我们能对春节保持一份"平平淡淡才是真"的好心情，那么，我们中国人的每一次春节，便都会是人生中难忘的回忆。

生活锦囊——梁晓声答疑读者

我们的爱还能继续吗？

我们是通过亲友介绍闪电般结婚的。原因是他的亲友都很优秀，便认定他不赖。结婚后，性格的差异便暴露无遗：我热爱生活，乐观、宽容、善良、正直……但缺乏生活经验，对人情世故不太懂，不会讨好人。他重情意、责任心强、做事极其认真，凡事亲力亲为，但性格内向、固执、懦弱、疑心重、缺乏自信。加之婆婆与我们生活在一起，她的性格跟老公一样。古板和不信任的生活让我如入牢笼。三年后，我出了一次轨，我并不爱那个人，只是他很会玩，让我心情很好。当时老公看到一夜未归的我与那人走在一起，便到我单位大闹。一向被别人认为优秀的我只求一死。后来，老公看我"可怜"收留了我，但时至今日，仍然耿耿于怀。17年来，我一直忍受他的暴躁和在大庭广众之下的指责，也想让他融入我的娘家。当生活顺利时，我们相处还可以；生活一旦有了波折，他便暴躁，怨天尤人。我一直认为我们之间缺少信任，爱对方不多，也想弥补，可他并不是很配合和接受。现在，女儿上大学了，从内心讲，我想与他沟通，好好经营一个有爱的家。但现状让我迷惘，不知这个家是否还能维持下去，是离还是留，我该如何做决定？

读者 朴真

梁：我认为，这世上无论做丈夫的还是做妻子的，如果明知对方屡屡"出轨"，而仍愿继续和对方生活在一起，并且一如既往地相亲相爱，这样的例子实在是很少的。但，如果一方只不过"出轨"了一次，并且是17年前之事，并且深有悔过——结果，另一方依然耿耿于怀，那么这样的男人或女人太不值得尊敬。因为他不明白，人性是有先天弱点的。也不明白正因为如此，人类才创造了一个词叫"原谅"。"原谅"是一个世界常用词，是一种关于人性的普世观——您可以将我的回答给您的丈夫看……

怎样走出不被老公信任的阴影？

我结婚快二十年了，一直饱受不被老公信任的痛苦。只要下班晚点，他必会电话不断，甚至专门跑到单位盯梢；晚上有应酬，九点半没到家，他就把电话打到我妈家控诉，好像我犯了多大的罪；看我跟别的男人说话，他会审问半天，甚至扬言要杀掉某某男人；尤其一喝酒，我就得忍受他无休止的盘问和性的折磨。近一两年，我几乎杜绝了与外界尤其与其他男人的联系，工作不再求上进，下班就回家，连二十多年的老朋友都少有来往，可仍旧没能赢得信任。我想过自杀，但为了孩子，只有放弃。我想过离婚，但看看身边离异女性的痛苦和不易，我只能隐忍。我以为用忍耐能消除他的猜疑，但事实是，他越发变本加厉，这样的家庭环境对儿子造成的伤害是难以言喻的。我猜他是因为太自卑了，刚结婚时还好，但后来在工作上他的发展远不如我。我已经放弃了我的职位，可他对我的放弃也怀着一股莫名的仇恨，认为是我对他的嘲笑，我还能怎么办呢？

读者 暗无天日

梁：首先我想指出，婚姻这件事，不仅由夫妻双方相爱的程度所决定，还由相"容忍"的程度所决定。夫妻间的"容忍"是各有底线的。其底线又因双方各自文化、修养、性格所面临压力的不同而不同。"容忍"不同于"忍耐"。"容忍"是能"容"，于是可"忍"，且并不过于敏感地以其"忍"为苦难，甚至有时可以人生的幽默态度对待之。而"忍耐"，则是在底线上甚至底线下苦苦挣扎。建议您自问自答，您究竟是在"容忍"，还是在"忍耐"。如已确是"忍耐"，那么我觉得你们双方的婚姻实际上已走到尽头。你"忍耐"别人，别人是看得出来的。事实上，无论朋友还是夫妻，谁时时处处显出"忍耐"对方的样子，对方必会感到是一种侮辱，于是渐渐生恨成为自然，怨我直言，那还莫如一方从"忍耐"中解脱自己，同时也还了另一方不被"忍耐"的尊严为好……

是我该改变还是丈夫要调整?

也许我是个自私和敏感的妻子吧。我生了个如花似玉的女儿，但我从来就没漂亮过，尤其是人到中年，愈发感觉到自己的不自信。偏偏丈夫和女儿好得如漆似胶，我常常感觉自己是这个家庭里多余的人，女儿有什么心事都向她爸爸说，丈夫呢，家里的大事第一时间都是先让女儿知道，他们好像一对恋人一样在我面前手挽着手，只要一见面就有说不完的话，背着我还嘀嘀咕咕。相反，丈夫跟我一天话很少。我曾经婉转地向丈夫表达过我的感觉，他说我心理不正常，我不好跟女儿说什么，可这真成了我一个不好的心结。我也不知是自己真的不正常还是丈夫应该调整，我现在很想知道，四十多岁这个年龄的父亲，他们对女儿对老婆一般是什么样的心态，我是不是太敏感了?

大连市读者

梁:我没有过女儿，也不是心理学家，不太能解你的惑。但换位思考，我若有个如花似玉的女儿，且又善解人意，那么只要我有时间，跟那样一个女儿的话八成也比跟老婆的话多。恋父情结，恋母情结，人性真相也。但是女儿大了，父必庄重，我想这也是合伦理的。若女儿分明早熟，为父的又分明在扮演小情人角色，情况自然就复杂了点儿。如果你的女儿在父亲的影响下，好好学习，天天向上，优点越来越多，缺点日渐减少——那不也是你的一份儿愉快吗？

怎样让父母理解我的孝心？

在我父母住的小区老年人很多，专骗老年人钱的保健品摊子也支得特别多，先打着免费的招牌量血压、测血糖、哄老年人掏出成千上万的血汗钱买一堆没用的所谓保健品回家。前几天回去，又见父母桌上堆了几十盒这种害人的东西，五千元啊！说是包治百病。平时省吃俭用的父母一遇到那些黑心的药品推销员立刻成了天底下最大方的人。我赶紧回家上网，将媒体揭露骗局的文章整理打印出来带回家读给他们听，没想到他们说我是编了谎话来骗他们，说我怕出钱，说我就是喜欢跟他们对着干。父母年龄大了，观念也越来越僵化。好多道理说不通。给他们买了一件又一件新衣，却总喜欢将补丁摞补丁的衣服裹在身上；讲了多少回剩饭的危害，一转脸他们又将发霉的点心、馊了的饭菜吃进肚里……我一直认为，孩子对父母来说是一种进化，当孩子长大，就要担负起教育父母的责任，让父母在新时代生活更健康。但事实是，教育父母有时候比教育孩子还要难，说重了他们生气，说轻了他们不听，你明明是一片孝心想讨他们欢心，却常常让他们窝心恼火，你也一肚子的不高兴。我该怎样让他们理解我的苦心啊！

读者　千千结

梁：我非常理解您的困惑和委屈。有一个关于老人们的秘密您应该知道——人成为老人以后，想得最多的问题是所谓"寿数"，并且，大抵是害怕生病的。一旦生病便会本能地联想到"死"字。老人离死近，故内心里没有不怕死的。这怕死的内心秘密，是老人们最不愿对儿女言的。所以经常生活在独自恐惧中，听说有什么药能"延年益寿"，且有些积蓄，是很肯买的。所以，他们非常容易上当受骗。您指责他们的愚蠢，倒莫如经常给他们买些可靠的保健品。既尽了一份孝心，也抚慰了他们希望延年益寿的愿望，还可以教授他们某些适合的健身运动。至于他们舍不得扔掉变质的饭菜和点心，以为吃下去没糟蹋，那实在是从前的贫困生活刻在人心理上的深痕，叫作"毛病"。对于任何人，"毛病"都是难改的。不要急，慢慢来。

怎样拒绝有矛盾的婆婆与我同住？

我与丈夫是大学同学，婆婆当初因我个头不高而不同意婚事。婆婆是农村人，我考虑她不容易，结婚时什么都没要。可我没想到，婆婆对我的善良一点也不理会，相反，一进门就自然而然把我树成敌人，而我与丈夫经营的家被她视为她儿子的家也就天经地义成了她的家。我每月两千多元工资，要支付家庭生活费，还得为丈夫洗衣做饭，她倒认为是她儿子在养我。只要一来我家，她从不在家里待，而是去小区里跟其他老人一起说我闲话，什么"又懒又恶"。

本来，我跟丈夫是经历多年恋爱才结婚，感情很好，可婆婆经常挑唆丈夫和我离婚。现在最大的问题是，她要求跟我们同住。她现在的房子和生活费都是我们承担，我毫不计较，我认为，子女赡养老人的方式多种，为什么非要住在一起？双方观念习惯认识都不一样，住在一起难免产生矛盾，与其大家都难过，不如分开大家都清静。如果她来了，我真不知道这日子该怎么过。要是规定子女须尽孝道，但公婆不得强行与儿子媳妇同住，不得干涉儿子婚姻生活该多好啊！

读者 小婷

梁：某些婆婆可能是您所讲的那样。您的婆婆从一开始就不同意您和丈夫的婚事，这是矛盾的根结。但如果您的丈夫是独生子，那么法律很难禁止她和你们共同生活在一起。我不认为你们的婆媳关系能变得良好，但却认为不应也可以不再恶化。这很大程度上取决于您的丈夫。如果您指望在您和婆婆的"冷战"中，他会与您联盟，那么您肯定大错特错了。请记住，别逼他完全站在您这一方。他的最好的做法是扮演"消防员"。您一旦不同意他仅仅是"消防员"的角色，最终孤家寡人将是您自己……

父亲反对我嫁给另外一种生活。

从小我就是个乖女儿，一直在父母的"策划""监视"下长大，我学业优异，去年到美国读书，按父母的"策划"

读完书我还应该到英国读硕士，然后回国找一份收入丰厚的工作，可是我现在决定不读书了，要跟着一个美国"流浪汉""去经历去放荡"。虽然他很穷，但他很有趣，我想嫁给他，父母认定我疯了。我的这个决定招来的结果是，父母以断绝关系来威逼我。尤其是父亲，他说从此绝不读我的信听我的电话。我嫁"流浪汉"四海为家的决心当然是不可更改的，可是我也不希望从此成为无父无母的孤儿。我是个痛苦的女儿，我不理解，为什么父亲一定要我按他的意愿去生活，我怎么才能与他沟通，让他接受我的选择？

上海读者

梁：坦率讲，我若是父亲，对您这样一个女儿，也会大伤脑筋的。让我接受你的选择，也难。问题不在你这儿，不在你父亲那儿，而在那个美国"流浪汉"。如果他还大你许多岁，那么他有必要对一个他将带了满世界"去经历去放荡"的女孩负起一点儿起码的责任，那就是："去经历去放荡"是很费钱的事儿，你俩钱从哪儿来？经历了放荡了之后，你俩该怎么办？

你问过这些了吗？他回答过你了吗？

若没有，那么你问问，听他怎么回答。

这世界上有不少动物也很有趣，但却弄不到家里来。非不听劝，后果不堪设想。有些男人，类似那些动物，不管是美国的，还是国产的……

如何与厌恶的同事相处？

我在机关里工作多年，突然厌恶了这个环境，觉得每个人都那么虚伪，每个人的笑容里都藏着目的。比如一个男同事突然对大家热情起来，那是因为他即将面对一次升迁前的民意测验；我的科长总是对我嘘寒问暖，我知道他不过是想让我好好干活；女同事来跟我聊她的烦恼，不过是想交换我的故事满足她的八卦心……办公室里，哪有什么真情，看透他们的实质，让人忍不住冷笑！

早晨起来我不想去单位，到了单位我得像忍受呕吐一样艰难地强迫自己不看他们，不吐到他们的脸上去。我早先没那么不合群，不管心里多烦，办公室里的聚餐我还是去的，尽管整个吃饭的过程我得观摩那些人酒后的丑态，但我委曲求全，怕大家认为我是个怪人。

今年我都38岁了，我不想忍了，我拒绝了所有貌似友好的邀约，我不想交什么朋友，只想把自己封闭起来，我的世界只能容我的父母、我的孩子和我的丈夫。但让我苦恼的是，我丈夫的收入根本不足以让我放弃工作，而只要到单位就得忍受那些虚伪与粗鄙，这已经引起我生理上的恶心。我丈夫说是我的问题，除了辞职，我还有别的出路吗？

读者　我不爱理人

梁：我不知道说什么好。我想上帝不会对一个人那么不公平，非将您置于"伪君子"的包围之中。是不是工作压力太大了，或者对待遇不满意？我倒是很同情您的同事们。您既视他们个个都是"伪君子""阴谋家"，大概从没指斥过吧？有时还要做出违心的笑脸吧？那您又怎么看自己的呢？最好再去咨询一下心理医生……

我最大的问题是动力缺乏。

我是生活在南方小城市的业余女作家，人已到中年。青年时，文学写作成名成家，是我唯一做的大梦，这个梦做到中年，我不敢说已圆梦，但我努力争取过，现在至少在这座小城市里我已算个知名作家。我的人生曾经因为奋斗而辉煌过，现在很多表面的繁华已看透，最大困扰我的问题是动力缺乏，我如今已很难被什么事激动起来。我知道这种状态不好，可又不知怎么改变？敢问全国知名的大作家，他们人到中年时也会遇到我这类问题吗？怎么突破？

福建福州市读者

梁：我现在还没遇到，因而觉得这个问题怪怪的，仿佛是在问——倘对爱情这件事早已心如止水，那么还怎么恋爱？动力缺乏，漫道写作，一概之事都是没心思去做的。但我觉得，人到中年，大约迟早都会如此这般的吧？那就坦然面对，顺其自然为好。"表面的繁华已看透"——那也不过就是看透了表面。写作也不完全靠什么激动，有时候还靠不激动。不激动的时候更容易产生一些思想。若竟不能，那就只有跟写作这件事"拜拜"。有的情况属于自然规律，相对于您就是。谁都不必非得和自然规律较劲儿。

我是挣钱机器吗？

现在大家都在追求富有的生活，住豪宅穿锦衣。我也是这样，从小到大循规蹈矩地往一座独木桥上挤，从中考、高考到工作，三十多岁了，终于拼到了外企公司中层的位置，在别人看来我已成就了事业。可是外人不知挣钱打拼的日子压得我喘不过气来，我现在越来越享受不到一个女人该享受的哪怕是逛逛街的片刻闲情，我内心特别痛苦矛盾，我是挣钱机器吗？我不甘愿过这样的日子啊！挣钱压力大，不挣钱就要降低生活水平，或者，我还有别的出路？可既要挣钱维持现有的生活水平，又能有精力享受一点做女人的乐趣，谈何容易呀，我不知道在这个跷跷板上怎么才能走平衡？

北京中关村读者

梁：鱼与熊掌兼而得之乃普天之下白领女士的共同梦想：不甘于只是梦想，遂生郁闷。又不好说，常与人言，非但难获同情，反而必遭白眼，被讽为矫情。相比于低收入者，此乃高级"迷津"也。非高人，实难拯救。

我非高人，只能按世俗之见，提供庸常之策略：

一、祈祷上苍，赐金龟婿。他挣你花；他辛苦你闲适；他变挣钱机器，你变点钞机，问题迎刃而解，且其乐陶陶，其乐无穷。当然，这你也就只能胸襟开阔些个，给他以"花心"的自由。即使你情愿，机会也不好碰。现在的行情是供大于求。如无自信，何必期待？

二、精神自慰法，想想农夫耕种，工人上班，学子苦读，干部开会，芸芸众生，不辛苦又不"心苦"者，世上几人？于是块垒顿消，不复幽怨，甚而倍觉幸运。这法子不破费，也每有效，可试。

三、给自己写个几年计划，住房何必太大，车子何必高档，想来你已都有了，再存一笔钱，跳槽。去谋工资虽不高而时间却充裕了许多的职业。归根结底，幸福的标准之一也是——一个人拥有多少属于自己的时间？想通了，自会认为其他代价是值得的……

图书在版编目（CIP）数据

独自走过悲喜 / 梁晓声著 . -- 武汉：长江文艺出版社，2024. 4（2024. 8 重印）

ISBN 978-7-5702-3526-1

I. ①独… II. ①梁… III. ①散文集 – 中国 – 当代 IV. ① I267

中国国家版本馆 CIP 数据核字（2024）第 055243 号

独自走过悲喜

DUZI ZOUGUO BEIXI

梁晓声 著

选题产品策划生产机构 | 北京长江新世纪文化传媒有限公司

总 策 划 | 金丽红　黎　波

责任编辑 | 张　维	**装帧设计 |** 别境 Lab	
特约编辑 | 李　冰	**内文制作 |** 张景莹	
策划编辑 | 韩成建　申　丹	**责任印制 |** 张志杰　王会利	
法律顾问 | 梁　飞	**版权代理 |** 何　红	

媒体运营 | 刘　冲　刘　峥　洪振宇

总 发 行 | 北京长江新世纪文化传媒有限公司

电　　话 | 010-58678881　　**传　　真 |** 010-58677346

地　　址 | 北京市朝阳区曙光西里甲 6 号时间国际大厦 A 座 1905 室　　**邮　　编 |** 100028

出　　版 | 长江出版传媒　长江文艺出版社

地　　址 | 湖北省武汉市雄楚大街 268 号湖北出版文化城 B 座 9-11 楼　　**邮　　编 |** 430070

印　　刷 | 天津盛辉印刷有限公司

开　　本 | 889 毫米 ×1194 毫米　1/32　　**印　　张 |** 9

版　　次 | 2024 年 4 月第 1 版　　　　**印　　次 |** 2024 年 8 月第 4 次印刷

字　　数 | 180 千字

定　　价 | 68.00 元